日本大感染

未知のウィルスとの死闘

太田 芽論（めろん）

第1章　Xウィルス

1

時を細切れにするような心拍監視モニターと呼吸器の音がやけに大きく感じられた。その響きに乗って、重苦しい緊張感と悲壮感が四角い部屋を丸く渦巻いた。

いま治療中の33歳の男性は数日後には他界するだろう。いや、数時間後かもしれない。

顔は土色、眼は窪み、口を覆ったプラスチックの容器越しに歯茎からの出血が見て取れた。そして鼻孔から出ているチューブからは鮮血が遡り、内臓からの出血がうかがえた。

「血圧が６０を切りました！」と、モニターの横にいる看護師が声高に言った。

「エチレフリン（※昇圧剤）20ミリ」と、青い防護服を着た長身の男が言うと、点滴スタンドの前にいる看護師が輸液の袋に手を伸ばした。更に男は「デスラノシド（※強心剤）0.6ミリ」と、凛とした声を張り上げた。


その男の名は国友陽士、39歳、国立伝染病センターの特殊疫病科勤務。彼は今朝十時頃、横浜のエイズ患者の治療状況、感染経路の調査に出掛けていた。

その患者は47歳の男性だった。まるで老人のようにやせ細り、皮膚の至るところに末期を象徴するカポシ肉腫が浮いていた。そこの医師が患者に彼を伝染病センターの偉い先生と紹介した。国友は患者の顔を覗き込むようにして、丁寧な言葉で感染経路を質問した。次の瞬間、顔を歪めた。患者に唾を吐きかけられたのだ。

「エイズ入りの血液製剤を打たれたんだよ！　偉い先生なら何とかできるのかよ」

彼はやせ細った体からは想像もできない大声で、憎しみのこもった声を上げた。

「ばか者！なんてことするんだ」と、担当医は慌てて患者を叱ると、「すみません」とハンカチを差し出した。

国友はそれを制し、顔を自分のハンカチで拭き始めた。そして「安心しました。これだけ元気があれば大丈夫ですね」と、微笑んだ。

――国友が冷静でいられる理由は、唾液中に含まれるエイズウィルスの量は僅かで、まず感染しないという事を知っていたからだ。また国友には患者の気持ちが少なからず分かった。危険な血液製剤（※非加熱血液製剤）を打たれていたのは血友病患者だけではない。絶対数は少ないが重症の肝臓病患者や、新生児出血症患者にも使われていたのだ。性的感染、母子感染、そして第4のエイズ感染ルートが存在していたのだ。だいたいアメリカでは非加熱製剤の危険性が公表されて2ヶ月後に安全な加熱製剤に切り換えたのに対し、日本の対応はそれに遅れること2年と2ヶ月後だったのだ。しかも厚生省は危険な非加熱製剤の回収を指示しなかった。その結果は言わずもがなである。(※何の落ち度もない人たちに感染が広がり、正当なパートナー同士での感染拡大につながった)。だから厚生労働省の手先というだけでりっぱな憎悪の対象となりうるのだろう。

その時、国友のスマホが鳴った。

相手は特殊疫病科医局長の佐々木徹だった。内容は、伊豆大島の都立病院で原因不明の伝染病が発生、ヘリを用意するから国友の班で先に乗り込んでくれというものだった。


そして今、都立大島病院の内科の医局で、国友は頭を抱えていた。数名の患者を診ただけで、病気は悪性という事が分かった。今日は朝からろくなことがなかったと思い返していた。まずはアフター・シェーブ・ローションと間違って顔にヘアートニックをつけてしまい、電車に乗れば子供に涎(よだれ)をつけられ、病院ではエイズ患者に唾だ。そしてここでは原因不明の伝染病ときた。

「患者は今何名ですか?」と、宇佐見萌が院長に質問した。

――彼女は一流大学の医学部を首席で卒業し、国立伝染病センターに勤め始めて3年目になる。結婚式の祝辞でよく使われる〈新婦は優秀な成績で……〉とは違って、お世辞抜きの才媛だった。

「はい。同じような診断のつかない患者が7名おります。皆重症で症状も同様です」

白髪の伊藤久昭院長が孫ほどの萌に、すがるような眼を向けた。

白衣を着ていなければおよそ医者とは思えない真っ黒に日焼けした精悍な顔付きの内科局長、小原久裕医師が立ち上がった。

「最初の患者は先程診ていただいた17歳の青年です。その後は殆ど前後して7名の患者が入院してきました」と、カルテを一枚いちまい長いテーブルに並べ始めた。「左から入院順です。なお海外渡航歴を申告した方はいませんでした」

国友と萌、そしてもう一人、今年センターに入った二階堂靖が頭をくっつけるようにカルテを覗き込んだ。

——二階堂は新人といっても28歳、萌と同い年だ。大学院を出て博士号を所得している秀才である。

「例外なく、入院して3日以内に血圧が落ち、体温が上昇してますね」

その二階堂がノートに書き込みながら言った。

「白血球と血小板数の減少、赤沈値の低下もみられます」と、萌が長いまつげをしばたてた。

「うん。非常に危険な症状だ」

国友が一回うなずいた。

「病名が分かりますか?」と、伊藤院長が国友の横顔を見つめた。

これだけで分かるようなら数々の診断薬も必要ない、我々は神ではないんだ、という言葉が国友の喉元まで登ってきた。

　その前に快活な萌が発言した。

「腸チフスの可能性はどうですか？」

「はい。我々も消化器官、特に腸の出血などから、最初にそれを危惧し、調べてみました」と、小原医師がカルテを一枚取った。

「7人全員の大便、尿培養を行ないましたが、菌陰性でした。更には十二指腸ゾルデを用い胆汁培養まで行なってみましたが、これも陰性でした」

「では発疹チフスリケッチアの可能性は？」と萌が再び質問した。

　国友は会話を耳に入れながら、カルテに一枚いちまい慎重に目を通し始めた。患者達の共通項を知る事が必要だった。体温、脈拍、呼吸、血圧などのバイタルサイン（生存微候）はもちろん、性別、年齢、住所、職業まで頭に入れていった。

　彼の仕事は全体をみることにある。臨床医は個々の患者の治療に翻弄され、どうしてもそれが欠落しがちだ。しかしセンター員は全体から、仲介者、感染源、あるいは病原菌の保菌動物を探し出すことに主眼がおかれる。病名を診断することはもちろんだが。

　驚くほど千差万別な人々で占められていた。最初に担ぎ込まれた高校生から始まり、海洋カメラマン、料理店の主人、ＯＬ等々であった。

これでは感染経路の予測もできないし、割り出すのも骨が折れると思った。

「その他、考えられる感染症の検査は全て行なったつもりです。黄熱病、デング熱しかり、ペスト、マラリアまでも調べましたが陰性でした」と、小原医師が言うと「黄疸出血性レプトスピラは調べましたか?」と、萌が大きな瞳を小原に向けた。

国友も萌に同感だった。筋肉痛や黄疸のある患者がいる事などから、それを考慮していたのだ。身長155㎝の子供のような体格の彼女が、急に頼もしく思えた。

「ワイル病ですね。これも血清反応を調べましたが、陰性でした」

どこからか溜め息が聞こえた。

困惑と同時に国友は、この規模の病院としては非常によく検査してあると感心した。そして小原医師の能力も認めた。

「もう我々には手におえません。これはと思う処置をいくら繰り返しても一向に良くならないばかりか、逆に悪くなってきてます」と、院長の声が途中から小さくなった。「ですから、伝染病センターに助けを求めたわけです」

「チーフ、ウィルス疾患という事には間違いないでしょう?」

二階堂が国友を見た。

国友は軽くうなずいた。――その時、カルテから全員に共通する上口蓋粘膜の点状出血に関心を奪われていたのだ。

「はい。それは我々の共通した意見でもあります」と、小原が答えた。

「えー」

国友と院長が同時に声を出した。院長が片手を広げ、「どうぞ」と譲った。

「はい。非常によく検査が行き届いていると感心していますが、流行性出血熱は調べてありますか？」

「あっ　いいえ。気が付きませんでした。早速調べてみます」

「検査はこちらでいたします」と、国友が毅然とした声を出した。

「えっ　はい。…では流行性出血熱なのですか？」

院長の顔が青ざめた。

「いいえ。今の時点では何とも言えません。が、隔離だけは完璧に行なってください」

国友の意見はセンターとしての意見とも取られる可能性があるので、断言は避けたが、臨床症状は流行性出血熱の可能性が高かった。

「もう一度確認しますが、今後の検査類は一切中止して下さい。血清からの感染が懸念されます」

伊藤院長と小原医師の唖然とした顔とは対照的に、萌がうっとりするような眼を向けた。――

彼女は国友に科学者としての尊敬とは別に、異性としてのあこがれも持っていたのだ。

——流行性出血熱は主として中国の東北地方やシベリア地方に発生をみる。以前は韓国型出血熱とか腎症候性出血熱などと呼ばれ、急に高熱に襲われ、皮膚、結膜などに小出血斑が現れ、5～6病日から心、肝、脳などに実質的出血がみられ、重篤な場合は腎不全をおこす事がある。致死率は3～15％にもなる悪性のウィルス疾患である。

日本では1975年、66名の発病があり、その後1984年までに124名の患者が報告されている。

保菌動物、あるいは宿主は、未だに確定されていない。しかし動物実験取扱い者に患者が多い事などから、ラットその他の実験動物、またはダニが媒介との見方が有力である。——

国友達は小原医師に続いて3階の入院病棟に上がった。

ここは島民の切実な要望により3年前に東京都によって造られたベッド数90、内科、外科、眼科、産婦人科を要する3階建ての総合病院である。

エレベーターのドアが開くと、まず強烈なクレゾール臭に歓迎された。続いて白衣の天使の歓迎を受けた。ナースステーションには6人の看護師がいた。準夜勤3人と夜勤3人という事だった。

しかし、このような異常事態にこれだけの人数でこと足りるのだろうか、重症患者に対応できるのだろうか、と国友は不安に思った。今晩にも同じ感染症の患者がぞくぞくと担ぎ込まれてくる可能性もある。これは大流行の前兆という事もありうるのだ。

「申し訳ありません。これだけの人数では不足というのは重々知ってますが、ただでさえ不足している看護師がへんぴな島では、如何ともなりません」と、顔色を理解したように小原が言った。

「しかし、経験のある優秀な看護師を集めたつもりですので、多少でもお力になれるかと思います」

婦長をしているという五十歳位にみえる太めの看護師が一歩前に出てくると、「何なりと、お申しつけください」と、頭を下げた。

国友は、期待していますと言った後、二名ずつ組みになってもらった。そして消毒法、防護服の脱着方法などの説明を始めた。実際に着用させ、その上に使い捨ての帽子と使い捨てのシューズカバーを着けさせた。そして更に使い捨てゴーグルの着用を義務付けた。昨日までとは違う周到な装備に戸惑いの顔も見られた。

「原因ウィルスが判明するまで、眼球粘膜からの感染も考慮する必要がありますので、我慢して下さい」

次に脱ぎ方の指導に入った。脱ぎ方の方がより注意が必要なのだ。

お互いにチェックをしながら再び全員防護服を着用した。

そして3人の看護師に助手をしてもらい、手分けして患者の採血、採尿、咽頭塗抹を行なった。

その作業中に最初の17歳の青年の死亡を知らされた。国友は奥歯を噛み締めた。自分の力のなさを噛み締めた。

採取した検体は三重のビニール袋に包み、次亜塩素酸カルシウムの溶解液で滅菌し、ドライアイス入りの発泡スチロールの箱に入れた。更に輸送用のバイオ・ハザード・シール付ケースに入れた。

全ての患者のフォローが終わると、特殊疫病科医局長の佐々木に電話した。

「これから検体を空輸しますから、菌の同定お願いします」

「わかった。君の診断ではどうだね？」

「悪性のウィルス疾患です。流行性出血熱の可能性があります」

「そんな筈はない」

「何か心当たりがあるんですか？」

「いや、…まさか？と思ってね。流行性出血熱は日本では十年近く出てない」

「そのまさかの可能性があります」

「たしか阪大微生物研究所に血清ワクチンがある。至急送ろうか？」

「お願いします」

と、力なく言った。すでに発病している患者には殆ど効果はないという事を知っていたからだ。しかし、それにすがるしかないという事も知っていた。

電話を切ると、手分けして患者の発病3週間前までの行動を調べる事にした。食事、動物との接触を主眼に。流行性出血熱の通常の潜伏期間は2、3週間である。3年から10年と長いエイズを除けば、大体ウィルス感染の潜伏期間は数日から3週間である。もっともエイズは急性伝染病ではない。

国友はエレベーターの前で、ある婦人に捕まった。彼女は死亡した青年と行動を共にしていた高橋信雄という高校生の母だった。

「先生、信雄も死ぬのでしょうか⁉」

すがるような眼で見つめてきた。

「…とにかく、総力を上げて対処する事はお約束します」

「本当に大丈夫なんですね？」

国友は原因菌も分からない今、確定的な事は言えなかった。

「…お約束はできませんが、最善を尽くします」

「お願いします。信雄はまだ17歳なんです。これからなんです」と、国友の白衣の裾を掴んできた。「かわれるなら、かえて下さい。…私の命なら差し上げます。信雄だけは、信雄だけは……」と、裾を掴んだまま、母は泣き崩れた。そして呪文のように、「お願いします」を繰り返した。見兼ねた萌が、引き剥がし、立たせた。

エレベーターのドアが閉まるまで、母はみだれた頭を上下し、神にするように拝んだ。

センター員たちは新しい防護服を着用すると、それぞれ発病前の行動と濃厚接触者名を調べにまわった。

国友は高橋信雄の部屋に入った。4人いる感染患者は点滴瓶の下に死んだようにぐったりと横たわっている。

信雄の枕元に立った。

「気分はどうですか?」

「最悪です」と信雄は艶のない声でかすれた声を出した。

カルテをコピーした紙を見た。熱は39・2度だった。頭痛と腹痛を訴えていた。下痢もみられ、尿は高度のタンパク値を示していた。

「頭痛と腹痛はどうですか?」

「かめはめ波をもらったピッコロ大魔王のようです」

「えっ何だねそれは?中年にも分かるように話してくれないか」

「ドラゴン・ボールのゲームがあるんですよ」

「ホーッ、つまり中年語に直すと、最悪という事かね?」

「そう、ゲームオーバー寸前です。…早く薬を下さい」

「了解」

国友は彼に微笑むと、看護師に向かって点滴に鎮痙剤を入れるよう声を上げた。

「春彦はどうですか?」

友達の死は伏せてあるようだった。同じ病気の者が死ぬと、ショックを受けるものだ。まして親友のようだ。今のカラ元気もなくなり、免疫の低下も懸念される。適切な治療薬がない今、頼れるのは彼自身の免疫力しかないのだ。考えた末の病院の選択なのだろうと思った。

「うん」

国友は一途な視線から目をそらしてうなずいた。――自分はつくづく臨床医にむいてないと思った。良いと思う嘘をつくのにも抵抗を生じてしまう。勘の良い人なら、すぐ見抜いてしまうだろう。

「他人のことより、君の入院するまでの3週間の行動を聞きたいな?」

「春彦と同じですから、春ちゃんに聞けばいいでしょう」

彼もやはり釈然としないものを感じ取っているのかもしれない。

「いや、これは全員に聞く事になってる」

「もしかして春ちゃんは、……春ちゃんは口がきけないほど悪いのですか？」

国友は再び目をそらすと、「今は人の心配より、……君の協力が必要なんだよ。少しでも早く感染経路を知りたいんだ」

「……まさか⁉　死んだんじゃ……」と、信雄が目を剥いた。

国友は脳裏に以前のにがい記憶が蘇っていたが、努めて笑顔を作った。

――――国友はセンターに務める前に臨床医を経験していた。その時、患者の質問に対して正直に〝寿命の告知〟を行い、結果的にその患者を自殺に至らしめるという辛酸たる経験をしていた。そしてそれが元で感染症専門医に舞い戻ったのだった。――――

「いいかい、一刻も早く感染経路を突き止めて、新しい患者を出さない為と、適切な治療の為に、君の協力が必要なんだよ。さぁ入院するまでの行動を話してくれないか」

「じゃ、協力すれば治るんですね？」

「協力は、決して無にしないよ」

高橋信雄は時折腹を押さえ、休みながらゆっくりと話し始めた。

――彼はクラスメートの二宮春彦と求人雑誌を片手に観光地を狙って電話を掛けまくっていた。もう7月に入っていた。観光地での夏休みのアルバイトは人気があり、全て決まった後だった。しかし諦め切れずに十一件目にダイヤルした。

飛び上がらんばかりだった。あったのだ。残っていたのだ。

そこは伊豆大島の海の家だった。そして条件も程々に決めていた。彼らはこういう運命に導かれているとも知らず、無邪気に喜び合った。

二人は都立高校2年生、家も成績も中流のごく普通の子だ。二人は欲しい物は何でも買えるという境遇ではなかったが、お金の事で苦労したという記憶もなく、この先も今まで通り何とかなると、安易に人生を考えていた。そして将来の展望などというものは何もなく、勉強も好きではないが、皆も行き、親も勧める大学に、取りあえず三流でもいいから入って形を作ろうと考えていた。そして当然来年は受験で忙しくなると思い、この夏はたっぷりバイトと遊びを楽しもうと思っていた。

竹芝桟橋から東海汽船に約8時間揺られ、朝の7時頃に元町港に着いた。約束の喫茶店で待っていると、はだけたアロハを着た上品とは言えない男が迎えに来た。男は皮膚の上から肋骨が分かるほどガリガリに痩せていて、片足が不自由のようだった。杖はついていないが、右足が曲がらないようで、不自然な引き摺り方をしていた。

涼しそうな廂に囲まれた床の高い木造の家に着いた。

そして乱雑な家の中に入った。

「マスター、新人連れて来ましたよ」

「オーッ　よく来たな」と言う、しわがれた太い声の主の裸の上半身を見て愕然とした。場所を間違えたかなと本気で思った。次の瞬間にはアロハとの道々での会話を思い出し、間違いでないのは承知したが、間違いであってくれと切実に願った。

そのあぐらをかいている大男には、イレズミがあったのだ。背中一面に、躍り掛かってくるような虎が描かれていたのだ。――堅気とそうでない人を一目で見分けられる信号だ。普段なら近付かなければ済むが、今回はそういきそうもない。ここまで来て、すごすごと帰る訳にはいかない。

「履歴書は持って来たか？」

「…はい」

「声が小さい！」

「はい!!」

「海の家も客商売だ。陰気臭い奴は鍛えなおす！」

イレズミのある五十歳位のマスターは、四十前後に見える色気のある女にウチワを使わせながら、迫力ある声を出した。

「はい!!」

信雄と春彦は恐怖感と防衛本能から、この場を取りつくろった。

「お前の親は警察官か？」

履歴書を見ながら、マスターは畏敬というより嘲笑気味に言った。

「親とは別の人格ですから、一緒にしないでください」と信雄が言った。

「人格ときたか!?」

おちょくった言い方に、女が口を押さえて笑った。

「今日からおまえの事はマッポと呼ぶ」

マスターと女は哄然と笑った。

雑居部屋に荷物を置くと、一息つく暇もなく、トラックで職場に連れて行かれた。

王ノ浜の海の家に着くと少し安心した。同じような若者が4人、焼きそばを作ったり、カレーを運んだりして汗を流していた。

朝は6時に乱暴に起こされる。そのまま歯も磨かず、トラックの荷台に乗り込み、現場に行く。準備を三、四十分でやっつけて、浜に人が来るまでの僅かな自由時間を、泳いだり、サーフィンをしたりして楽しむ。昼休みはない。暇を見て飯を掻き込んで終わりだ。だいたい仕事は6時に終わる。そして帰って夕飯を終えると自由時間だ。

3日目、KO大学の永松圭祐、21歳が、「女が三人いるんだけど、付いてくるか?」と声を掛けてくれた。――彼は男が見てもほれぼれする二枚目だ。もちろん二つ返事だった。バイト料の他にこういう特典があるかもという事で観光地を選んだのだ。

永松のようにうまくはいかなかったが、充分楽しみ午前2時に雑居部屋に帰った。他の人たちはいなかった。まだまだ奮闘中のようである。

信雄は永松と一緒によく駅弁売りのような格好をして、浜で政治も社会情勢も関係ないといった顔で寝そべっている人達にコーラやジュースを売り歩く仕事をした。永松は美人がいると、コーラを無料サービスして今晩の約束を取り付ける。話がうまく、一流大学でハンサムな彼に誘われると十中八、九はOKしてくる。そして、九割は約束の場所に来る。つまり約八割の打率(確率)という、往年のONが束になってもかなわない高率だった。しかし他の人の話しだと、永松はKO大学ではなく、一度聞いたが忘れたほどの無名の大学という事だった。でもそんな事はどうでも良かった。現に信雄も女の前だと、W大の一年生という事にしていた。

という訳で、その後は3日に2度の割ぐらいで夜のデートを楽しんだ。

マスターがいる時は皆戦々恐々として働いた。その理由はすぐに体で分からされた。カレーの皿を運んだ際に指がその中に入り、それをめざとく見ていた客に苦情を言われた時だった。マスターに裏に呼ばれると、いきなり殴られた。口より先に手が出る性格のようだった。信雄は砂浜に顔から落ち、文字通り砂を噛む屈辱を味わった。

しかし夜は青春を謳歌し、約平均睡眠時間3時間で、2週間を乗り切った。若いが故にできた快挙だろう。

今日は信雄と春彦がジュース売りをした。美人にコーラと愛嬌を振る舞いながら。

マスターが今日に限って売り上げを調べた。七百円狂っていた。二人はしこたま殴られた。親に連絡するとも言われた。信雄はせめてもの抵抗に、今までの恨みを込めて睨み返した。が、その眼が気にくわないとまた殴られた。

その晩、二人は辞める事を告げた。求人雑誌に書いてあった一日9千円の手当は食費と宿泊費を引かれ4千円になっていた。そして支給される事になっていた往復の交通費は貰えなかった。しかし苦情を言うほど度胸はなかった。

旅館に宿を移し、一週間、バイト代を使って楽しむことにした。太陽が夏の強烈な陽射しを注ぐ前の早朝の一時に泳ぐだけだったので、人並な時間に時間を気にせず泳ぎたかった。押さえ込まれて絶えず緊張していた日々から羽を伸ばし、ゆっくり日光浴がしたかった。

翌日、弘法浜でのんびり海水浴をした。ここは元町港に近く、王ノ浜より人も多く、東海汽船のさるびあ丸やかとれあ丸の出入りも見られる絶好の浜辺だった。

そこで二人の茨城県の高校2年の女と知り合った。午後、自転車を借りると、元町の北にあるリス園までサイクリングした。リス園はコンビニを少し広くした位の敷地がフェンスで囲まれ、台湾リス、クマリス、ミーアキャットなどが放し飼いになっていた。リスの餌を売っていて、直接手から食べるのが嬉しく、4人は夢中で遊んだ。

その時、春彦は悪戯半分に掌に乗ったミーアキャットの子を掴み、ポケットに入れようとして噛まれ、おまけに爪で引っかかれた。

それから6日後、春彦は突然高熱に襲われ、同時に酷い脊痛と腹痛に苦しめられた。歩く事もできず、救急車で都立大島病院に担ぎ込まれた。

その3日後、信雄も同様な症状を呈して、入院した。——

国友はミーアキャットとの接点に留意した。

右手に引っかき傷と噛み傷ができ、出血がみられたという事だった。流行性出血熱の保菌動物はラット類かダニと言われている。リスとラットは同じ類に属する親戚である。ミーアキャットの正体はその時点では知らなかったが、近しいに違いないと想像した。

だが事は入院の6日前だ。それが原因とすると、短すぎる。流行性出血熱の通常の潜伏期間は2、3週間なのだ。別のウィルスの可能性が高くなる。しかし単に姿を変えた可能性もある。やつらは簡単に変身できるのだ。例えば、インフルエンザウィルスは毎年カモフラージュして襲ってくる。だから去年のインフルエンザに免疫が出来ていても、毎年犠牲者が出るのだ。エイズなどはカモフラージュなどという中途半端ではなく、全く別の姿になれるのだ。――エイズは1年間でDNA（遺伝子）が0・5～1％変化する。たったと思うかも知れないが、人間とチンパンジーのDNAの違いは、たった2％なのである。だから我々の仲間の必死な努力にもかかわらず、決定的なエイズ治療薬は生まれてこない。

他には動物に触れた記憶はないという事だった。しかし気付かず触れる事はよくある。寝ている時や知らずに動物の尿の跡に手を着くなどだ。ダニの場合はやっかいだ。アレルギー性鼻炎を例に取ると、抗原は杉花粉などの花粉が原因と言われ、信じられているが、実際はダニが40％以上占めている。呼吸によってダニの死骸やフンを体内に入れる事によってアレルギーが発生しているのだ。つまり、原因ウィルスが判明するまで、うんざりするほどあらゆる可能性が考えられた。

次に国友は3週間前に遡り、三度さんどの食事を根気よく質問していった。いつ、どこで、誰と何を食べたかという事を根気よく質問していった。分からないのは飛ばし、一通り終わってから再び繰り返し質問した。

約40分かけ、やっと予め作っておいた表の1／3ほどを埋めた。

国友は萌と二階堂に、リス園、ミーアキャット、それと二宮春彦との接点を中心に聞くよう指示を出した。

一旦病室を出ると、ノートとペンをポリエチレンの袋に入れ、エチレン・オキサイド・ガスで滅菌消毒した。次に用意した廃棄専用ゴミ箱に使い捨ての防護服、最後にインナー手袋を放り込むと医局に入った。

口と手を消毒し、空気清浄機の前に立つと、両手を広げて深呼吸した。新鮮な空気が肺を満たした。緊張感と恐怖感から束の間解放された。空気の美味さが分かった。

濃いお茶を一口飲むと、大島保健所に電話した。リス園のミーアキャットが悪性伝染病の保菌動物の可能性があるので、それなりの装備をして捕獲しておくよう指示した。課長の次に出た衛生科の男の狼狽した声とバックの騒音から、所内の混乱がうかがえた。次にリス園に電話し、保健所の指示に従うよう告げた。

地獄の入口のような病室に戻ると、萌にリス園に行くよう指示した。保健所員への適切な注意と、ミーアキャットの血液と尿を採取し、航空便で送る事を。

萌は営業停止を要請すべきか質問してきた。それは結果が出てから考慮すべき事だと言った。

萌は簡単な引き継ぎをし、途中のノートを預けると駆け出した。

彼女の問診中の患者はパラダイスというリス園の側のレストランの主人だった。

信雄達がリス園の後パラダイスで食事を摂ったのを思い出した。ノートを見た。信雄はアシタバ定食、二人の女子高校生はアシタバ・スパゲッティー、春彦はアシタバとサバの巻寿司を食べていた。

レストランの主人にそれらの材料を聞いた。苦しそうに口を開いた。歯肉から多すぎる出血がみられた。

『明日葉』というのは、伊豆地方の海浜に見られるセリ科の大形多年草で、葉と茎が食用になり、今日切り取っても明日になれば育つという成長の早さから、この名前を授かっているという事だった。春彦の食べたアシタバとサバの巻きずしを聞くと、それは『御神火巻寿司』（ごじんかまきずし）ですと言った。アシタバとサバのそぼろを巻いた物という事だった。更にそぼろを質問した。魚肉を蒸し、細かくほぐし、天日で干した物という事だった。国友は一言残さず記載した。

リス園の事を聞くと、彼自身は二ヶ月以上足を運んでないという事だったが、リス園の関係者、更には春彦達もそこに行っていた。なんらかの接触があっただろうと推測できる。

彼の食生活は萌によって詳しく記載されていた。

次に聞いた患者はそのレストランの妻だった。発熱とリンパ球の増加はみられるが、血圧は正常、白血球数の低下もなく、ご主人よりは元気だった。入院も彼より4日遅く、多分2次的に感染したと思われた。食事内容は殆ど同じだった。そしてリス園の前は毎日通るが、中には入っていないという答えだった。

もう一人聞いた海洋カメラマンの矢野利治氏、33歳はかなり悪化していた。やっと必要な箇所だけ話してくれた。

彼はドルフィンスイムと大島最南端のトウシキの海の魅力を伝えるDVDと写真集の作成を観光協会から依頼され、一ヶ月前から滞在していた。リス園に3週間前に一度、12日前に一度、計二度足を運んでいた。そして二度ともパラダイスに寄っていた。二度目は信雄達と同日、同時刻だった。

同室の全ての患者の調査が一応終わった。国友はそこを出て、医局に戻った。

エチレン・オキサイド・ガスの入ったポリエチレンの袋と、それを摘んできたピンセットごとエタノールで消毒した。そのポリ袋の中からノートを取り出した。

二階堂の調査待ちだが、国友の調べた限りでは、患者達の接点はリス園とパラダイスに見られた。

そして診察した限りでは、最初に宿主と接触があったと思われる第1世代と、2次的に接触した第2世代とに分かれた。

第1世代と思われるのは四人だった。萌の問診した地元の民宿経営者とパラダイスの主人、それに海洋カメラマン、死んだ二宮春彦だった。後は彼らと2次的に接触した第2世代と推測できた。

国友は椅子に深く座ると、腕を組み、少し首を傾げたまま数十秒かたまったようにじっとしていた。

突然立ち上がると自分のバックから感染症学の本を取り出した。本から顔を上げた。「もしかしたら…」と、つぶやいた。

もしミーアキャットが原因とすると、潜伏期間が短すぎる。そして2次感染者が出るのが理に合わない。しかしパラダイスの妻と信雄はどう診断しても2次感染者だった。

流行性出血熱の潜伏期間は2、3週間である。そして空気感染や飛沫感染はもちろん、人から人への感染も報告されていない。パラダイスの料理が原因とすると、もっと考えにくい。食物からの感染も報告されていないのだ。

国友の脳裏に今まで日本に上陸していない、想像するだけで戦慄の走る、あるウィルスの名がよぎった。

やっと二階堂が現れた。

彼は何でも丁寧だった。隣の病室のたった2人の問診だけで2時間以上かかっていた。たまにイライラする事もあったが、それに対して意見した事はなかった。多分に性格的なものだろうし、馴れれば少しは早くなるだろうと期待した。文句の言えない事がもう一つある。それはその分正確で間違いない仕事をしてきた。

彼の患者は都内の家電メーカーに勤める男性と、商社に勤めるOLだった。恋人同士という事だった。入院3週間前までの食事だけでなく、間食、行動、濃厚接触者までびっしりと書き込まれてあった。

国友は二階堂にリス園との接触を質問した。行っていないという答えだった。パラダイスも行っていないという事だった。第1世代の患者との接触を聞いた。これも同様だった。

また謎が出現した。眉をひそめた。リス園とパラダイス以外の感染ルートが存在するという事か？　患者全員の行動を照合する必要を改めて感じた。

「もしミーアキャットが原因というなら、リス園の職員が感染してないのはおかしいんではないですか？」と、二階堂が言った。

「たしかに一理あるが、接触頻度と扱いの馴れは反比例するのではないかな。ウィルスが空気感染するのなら別だが」と国友が答えた。

「でもリス園で傷を負ったのは亡くなった彼だけでしょう？　彼以外は、ミーアキャットと接触しただけで感染しているという事になります。だったら、来園した人のかなりの確率で感染者が出なければおかしくなります。たった7人だけで済むはずはないと思います」

「うん」

国友は腕を組んでうなずいた。

「しかしまだ全て推測の域での話だ。いま萌くんがミーアキャットの事を調べて来るよ。しかし詰まるところ、菌の同定が終わらないことには何も確定しない」

「そうですね」

二階堂はうなずくと、充血した目を擦った。普段も顔色はよくなかったが、いつも以上に青白い顔だった。極度の緊張と疲労で参っているのだろうと思った。いつの間にか時計は夜8時30分を差していた。国友の肩と頭にも疲労が重くのしかかってきた。

その時、看護師が飛び込んできた。

「カメラマンの矢野さんの容態が急変しました」

「集中治療室には移してあるのかね？」

「はい」

「小原先生に連絡は？」

「先生から、どうしたらよいのかという質問です」

「…逆転療法に賭けてみるか。…至急へパリンを打ってくれ」

「はい」と、看護師は駆け出した。

国友は二階堂に患者全員の生存徴候、現症歴、食生活などを表にまとめてくれと言い残すと、重くなった腰に鞭をくれ、看護師を追った。

国友は医局に歩を進めていた。時間は11時になっていた。あらゆる処置も虚しくカメラマンは他界した。——写真集を出す事もなく。

戻っていた萌と国友達は予約しておいた近くのホテルに移動した。

国友の部屋で遅すぎる夕食をしながら会議をした。丸いテーブルにコンビニで買った弁当と飲み物が寂しく広がっていた。

一人元気な萌が、「こういうのもいいですね。学生時代の貧乏旅行みたいで」と無邪気な笑みを見せた。

国友がリス園の話を催促した。

ここ一ヶ月の来園者数は3295人だった。一日平均だと110人である。ミーアキャットの数は8匹（内子供4匹）。哺乳綱食肉目ジャコウネコ科、色は灰褐色、頭胴長25～35㎝、尾長19～24㎝、子供は約半分の大きさ。前後足とも4指で、爪は細長く、前足は後足の約2倍の長さ。全体の印象は、人の良いイタチのようであるという事だった。

多分亡くなった二宮幸彦は、その長い前足の爪で傷を負わされたのだろう。

「背筋を伸ばして、後足で器用に立ち上がるのよ。ちょうど人間が膝だけで立つようによ」と言うと、萌は椅子の上に膝で立ち、犬のチンチンのように揃えた両手を振った。

国友は思わず微笑んだ。彼女の明るいキャラクターはいつも思う事だが、一服の清涼剤だった。ウィルス以外では最も興味の尽きない生物だ。才媛の片鱗を見せる事も時折はあるが、いくつになっても少女っぽさが抜けない不思議な生き物だった。それは小さく可憐な顔立ちというより、表情の豊かさが起因しているように思える。頻繁に見せる笑顔は青空のように天真爛漫で、破顔した時は雛鳥のようにダイナミック、驚いた時の顔は隙だらけだった。そして澄ました顔には気品があった。猫の目のように変わる表情を見ているだけで楽しめた。

「可愛いのよ。丸い頭に丸い耳で、黒い縁取りのある大きな目が中央に寄っていて、くしゃみをする直前のポメラニアンみたいなのよ」

萌は眼をドングリのように見開いて、寄り目を作った。

「一度テレビで見た事あるけど、誰かに似てると思ったんだ。いま分かった。萌さんだ」と、二階堂が指差した。

「失礼しちゃうわね。私のどこがくしゃみをする前のポメラニアンなのよ」

どっと笑いが起こり、嫌なムードを少し和やかにした。

「萌じゃなかった、ミーアキャットの原産国は？」

「いくらチーフだって、許せない混同よ」と、肩で笑った後、萌はノートを見た。「ええと、アフリカの南部です」

国友の表情から笑みが消えた。先ほどから危惧していた恐ろしいウィルスがにわかに具体化してきたのだ。

それはエボラ出血熱だった。

1976年スーダンで発生、死者151人を出した。その後もアフリカ各地でアウトブレイク（※感染症の集団発生）をおこしている。特に2014年の西アフリカの大流行では未曾有の被害をもたらした。なんと約1万1千3百人もの死亡者を出したのだ。

他ではイギリスで発生した事もある。

死亡率は50～90％と非常に高い。つまり菌の株によって前後はするが、一旦感染すると、良くて50％、悪い株なら90％の確立で死亡するという事である。

空気感染はしないが血液、分泌物、排泄物への接触で感染する。そして確実な治療薬は存在しない。――人類史上最悪の伝染病と思われる。

「どうしたんですか、チーフ？」と、萌が顔を覗き込むような仕草をした。

「あっすまん。ミーアキャットの入手経路を説明してくれないか？」

「はい。リス園のリスはクマリスだけが野生で、他はペットが野生化し椿の実を食べるのに困った農家が捕獲し、それを寄付したものだそうです。ミーアキャットは都内に引越した八木という人が寄付していきました」

「その人の現住所は？」

「はい。それが、昔の大島の住所しか記載されてないそうです」

「ありがとう。ごくろうさん」

萌は眼を細めた。

「次は二階堂くんの番だが、患者全員の接点は？」

「僕の聞いたカップルだけはどうしてもクロスしてきません。他の6人は二宮春彦と、パラダイスの主人の福島晴夫に収束してきます。つまりリス園とパラダイスに」

「それはどういうことだと思うかね？」

「感染源が一つではないと思います」

「君はどう思う？」

萌は唇を舐めるような仕草をした後、「私は患者が全て話してないように感じられます」と、小さな声で言った。二階堂が眉間に皺を寄せた。萌は彼を見ると表情を変えず、「調査が徹底してないと言ってるのではありません。異性には言い憎い事があると思えるのです」

国友はうなずいた。

「よし。明日病室を別にして、女性には萌くん。男性には二階堂くんが問診に当たってくれ」

その後、15分ほど感染源に対しての意見交換と食事をした。

「ご苦労様でした。明日も今日以上に大変な一日になると思う。ゆっくり休んでくれ、解散」

国友が言うと、二階堂はお休みを言い部屋を出て行った。萌はテーブルの上を片付け始めた。

国友は、すまないね、と言うと、電話に向かった。

佐々木局長が出た。

「菌の正体は分かりましたか?」

「いや、まだだ。だがウィルス科が総力を上げてるから、もう少しの辛抱だよ」

「ミーアキャットの検体は届きましたか?」

「それもまだだ。患者に傷を負わせた個体は分かったのかね?」

「いいえ。子供ということしか分かっていません」

「そうか。では、すべての子供を送ってくれ」

「えっ!? 血液と尿は送ったはずですが?」

「あぁ、しかし、ウィルス科が肝臓と脾臓が欲しいと言ってきたんだ」

「では全て解剖し、肝臓と脾臓を送ればいいんですね?」

「いや、そんな暇はないだろう。それに丸々あった方がこっちも都合がいい。殺したものをそのまま送ってくれ」

「……はい。それからパラダイスの方は？」

「私の方から各方面にはたらきかけ、とりあえずの営業停止の処置を取っておく」

電話を切ると、こちらを見ている萌に、朝一番でミーアキャットの子供たち全てを殺して送るように言った。

萌は国友を見つめていた眼を下に向けると、意外にもダダをこねる子供のように、首を横に振った。

呆気にとられ萌を見つめた。

「私にはそんなかわいそうな事できません。あんな可愛い子たちを殺せません」

まるで犯罪者を非難するような眼で国友を見た。

「ばか者！　感情論を聞いてる暇はない。それが出来ないのなら、今すぐ都内に帰れ！」

国友は顔を紅潮させ、拳を握り締めた。

萌は初めて見る国友の剣幕に、一瞬、眼を見開いて唖然としていたが、踵を返すと、肩を丸めて走り去った。

国友は椅子に座り、綺麗に並べてあるカルテを読み始めたが、さっぱり頭に入ってこなかった。

突然立ち上がり、部屋を出た。

向かいの萌の部屋のドアをノックした。

少し待たされた後、ドアが開いた。

「少しいいかい？」

「どうぞ」

「さっきはすまなかった。少し言い過ぎた。許してくれ」

国友は萌の後ろ姿に向かって言った。

振り向いた萌の瞳が潤んでいた。

「リス園には私が行く。君には問診が残っていたんだね」

萌の顔が原形がなくなるほど崩れた。次の瞬間、泣き声と同時に飛び込んできた。国友は体勢を崩し、膝をついた。萌は国友の胸に顔を埋めた。

「私が馬鹿でした。ウッウ…島民の命がかかってるんでした。ウッウウ……」

国友は綺麗に編んでアップにしてある髪に優しく手を置いた。

「分かればいいんだ。サッ顔を上げて」

しかし萌は逆に腕の力を強めて、額を国友の胸に擦りつけた。

「チーフが好きなんです」

国友は背中をポンポンと叩いた。

「私も君が好きだよ」

「違うんです。私の意味は、……愛してるんです」

一旦緩んでいた萌の腕に、ぐっと力が加わり、背骨が軋むほどにしがみ付かれた。

国友は数秒口を開けたままでいた。――もう久しく忘れていた甘美なものが体の深いところから否応なしに込み上げてきた。しかしすぐに飲み下した。たぶん、このある意味では極限とも呼べる状況が、萌を混乱させ、錯覚におとしめているだけの事なのだろう。それに許されない事だ。妻の顔が浮かんだ。そして別の意味で怖かった。

国友は華奢な両肩を掴み、顔を上げさせた。

「ありがとう。嬉しいよ。…でも残念ながら、私には妻がいる。こんなおじん相手にしないで、もっと若くて素敵な相手を見付けなさい」と、微笑んだ。

「チーフは最高に素敵です」

国友は萌の顔を覗き込むと、掌で涙を拭ってあげた。萌は眼を閉じ顎を上げ、何かを期待するように振る舞った。国友は困惑し、ただ漠然と萌の顔に眼を落していた。

萌は焦れたように一旦眼を開け、「いや!?　このままでは眠れません」と再び眼を閉じた。

国友は暫し思案顔を作っていたが、ふっと優しい顔になった。萌の額に、かるく唇をつけた。

そして、すくっと立ち上がった。下から溶けそうな笑みが追っかけてきた。

「これはいい夢が見られるおまじないだからね。くれぐれも誤解しないように」

国友はウィンクすると、部屋を出て行った。

萌は放心したようにしばらくカーペットに足を投げ出したままだった。

――本気だった。以前から密かに大切に想っていた感情だった。

小学6年の時、父親を亡くしていた。父はある赤十字病院の泌尿器科の勤務医だった。皮肉にも自分の領域の腎臓癌がもとで、48歳という若さで死んでいた。

小さかった事も、故人という事も影響しているのだろうが、父に対する印象は良いものしか残っていなかった。いつまでも大きくて、強く暖かく優しかった。いつの間にか萌にとってのスーパーマンに育っていた。理想の男性像はしごく当然に父とクロスした。

何度か恋の真似事をした事もあったが、同年輩の男は頼りなくて、とても本気にはなれなかった。――脳の深層で知らぬまに父と対比してしまっていたのだろう。

しかし国友は、まさに理想の男性だった。妻子持ちという事は知ってはいるが、熱くときめく想いはどうしようもなかった。そして一度吐き出してしまった事で、走り出した熱い想いはブレーキの壊れた車のように制御が効かなくなっていた。

萌はベッドに飛ぶように乗った。溢れ出していた涙を枕で拭くと、そのままそれを抱き締めた。

きつくきつく抱き締めた。


国友はけたたましい電話のベルで起こされた。

時計を見た。5時5分だった。

(なに事だ⁉)

慌てて受話器を取った。

「おはよう。ウィルスの同定結果が出たよ」

佐々木局長だった。

「えっ何だったんですか⁉」

「エボラだ。エボラウィルスだよ」

驚きで受話器を落としそうになった。恐れていた事態が現実のものになったのだ。

「おい！聞いてるのか？」

「はい」

「我々は都立大島病院に来ている。すぐ来られるか？」

20分後には国友達はレンタカーに乗り込んでいた。

道路に出ると、低空を飛んでいるヘリの音に驚かされた。それは一機ではなかった。数機がまだ薄暗い空にライトで螺旋を描いていた。

病院まで100メートルという交差点で、車が列を作っていた。こんな朝っぱらに渋滞とはおかしい。国友は車を飛び出すと、列の先頭に向かって走った。沢山の制服警官の姿が見えた。尋常ではないと判断した国友は、車に一旦戻った。そして車を二階堂に任せて、萌と二人で走った。

警官達の少し先にロープが見えた。人々を掻き分け、ロープに向かった。それを掴んだ。その時、警官に肩を掴まれた。

「交通遮断を取らせていただいてます。申し訳ありませんが、ここから先は入れません」

「なに事ですか?」

「都立病院で危険な伝染病が出たのです」

国友は国立伝染病センターの身分証明書を見せた。

「その用事で呼ばれたのです」

「はっ失礼しました」

国友と萌はロープをくぐってまた走った。

病院の前は、地から空に向かい丸太のようにサーチライトの林が生え、テレビカメラがまわりを囲んでいた。

ロープがもう一列張ってあった。再び身分証明書を見せ、そのロープをくぐろうとした。肩を何者かに強い力で掴まれた。

「センターの方ですか。一言お願いします」

どこかの記者だった。

「急いでますから」

萌の悲鳴が聞こえた。数人の男に囲まれていた。国友は萌の腕を掴むと、「我々は今到着したばかりで、何も知りません！」と強く言い放ち、先を急いだ。

ドアの中に入ると、看護師がかいがいしく動いていた。

「センターの先生はどちらに？」

「はい。3階にいらっしゃいます」

早く事態を把握したかった。ほんの4時間ほど寝ている間に、状況は信じられない変化を遂げていた。

階段を上がりきると、昨日なかった白銀の金属製の壁が出来ていた。

ノックした。

上の窓から顔が覗いた。

「やっ！昨日はよく眠れたかい？」

温かい声と、白い布の間から覗く優しい眼は、深田昌利博士だった。

キュッと音がして、厚いゴムで縁取られた気密のよさそうなドアが開いた。

すぐ前、２ｍ先にも同じ壁があった。

「ようこそ、世界一狭いリビングへ」

細沼実チーフだった。巨大なファンを取り付けていた。隔離の区域を作っているのだ。

「手伝いましょうか？」

「いや、我々だけで充分だ。それより鬼の局長がお待ちかねだよ」

もう一つドアを越えると、佐々木局長が若い助手２人と移動検査室を組み立てていた。

「いらっしゃい。手一杯で熱い歓迎はできないが」と、佐々木局長は彫の深い顔だけをこちらに向けた。

「もうマスコミに手厚い歓迎を受けましたよ」

「すまない。交通封鎖をスムーズにする為、マスコミの力が必要だったんだ」

「なるほど。…で、ここにはいつ？」

「君の電話のすぐ後にウィルスの正体が分かったんだよ。それで皆に招集をかけ、着いたのは２時間前だ」

「すぐ知らせてくれれば良かったじゃないですか?」

「君たちに睡眠不足で倒れられても、介抱する人手がないからね」

国友は微笑んだ後、「…では倒れる前に指示をお願いします」

「新しい患者が出た。君の班では、治療と感染源の究明に努めてくれ」


面会謝絶の札の掛かった個室に入った。小原医師が頭を下げた。使い捨てゴーグルの奥は充血し、まわりに隈が出来ていた。どうやら徹夜だったようである。

患者は矢部勝弘、32歳、男性、この病院の臨床検査技師だった。

国友はこの患者の感染ルートを想像した。他の患者と同様の感染源に触れたか、先に発病した患者の検体を検査中に、誤って病原体に触れたのであろう。後者の可能性が強い。

「症状はどうですか?」

「体中痛いです」

萌は黙って記録をつけ始めた。

「頭痛は?」

「特に酷いです。おまけに寒気もあります」

カルテを見た。熱は39.5度あった。たちが悪いと思った。

「一週間前頃、検査中に間違いはありませんでしたか?」

「ありませんよ。いつだって真剣にやってます」

「そういう意味ではなく、誤って検体の血液に触れたなどということは?」

「そういえば6日前、シャーレに移すとき試験管を足に落としました。患者を調べ、B型肝炎やエイズでないので安心したのを覚えてます」

「足に傷は?」

「傷はありませんが、水虫を持ってます」

「協力ありがとう」

小原医師に向き直った。

「解熱鎮痛剤は?」

「投与してあります」

「量を増やし、インターフェロンも与えて下さい」

時間は7時7分だった。

国友は、萌と二階堂に彼に対する質問の続きと、原因の判明しなかったカップルへの再質問を任せた。自分はミーアキャットにかかろうと思った。相手がエボラと判明した今、アフリカ原産の彼らが最も怪しいと睨んだのだ。

2

話は一ヶ月前に遡る。

中野の裏通り（※ミリオン街）をまだ二十代前半にみえる男がジーパンに片手を突っ込み、猫背で歩いていた。男は須賀政善（通称ガス）だった。

ガスは雑居ビルの入口で立ち止まった。警戒する小動物のように左右を確認すると、中に入った。一歩入ると、飛ぶように階段を二段ずつ駆け上がった。そして二階の喫茶パブロと書かれたドアを勢いよく開けた。

暗い照明の店内には一組の訳ありそうな年の離れたカップルがいるだけだった。真っ直ぐ一番奥の麻雀ゲームのあるテーブルに向かった。客のまだ十代に見える女が首を大きく回してガスを見た。四十歳位に見える男はメガネの奥からチラッと見ただけで眼を落とした。

ガスはコインをテーブルに重ねてゲームを始めた。その前にお冷を持ったマスターが立った。

マスターは『明日に向かって撃て』の〝サンダンス・キッド〟のような豊かな口ひげの左側を上げて不気味な笑みを見せた後、網膜まで見通すような視線を送ってきた。

「どうだった？今日の首尾は」

「これよ」

ガスは千円札を広げた。

「紹介料の5枚と2割の9枚」

マスターはそれを素早くポケットに押し込んだ。

「これっぽっちか？」

「今日の相手は二人共お役人だぜ。これがぎりぎりよ」

その時、ドアが勢いよく開いた。

白っぽいアロハを胸まではだけた堂々たる体格の男が入って来た。

男は右手を高く上げた。白い歯と胸のネックレスがキラリと光った。相棒の中道弘だった。

「マスター、ヒーコー」

「あいよ」

弘は笑顔のガスの前に、ドスンと座った。

「ちょろかったな、ガス」

「あぁ、でも振り込めはねぇだろ！」

ガスとヒロシは元暴走族仲間だった。6年振りに再会したのを契機に二人で暮らすようになった。職は持たず、高校時代に鳴らした麻雀で食いつないでいた。それも組み麻雀だ。これは、どちらかにトップを取らせるために、待ちパイを教えあったり、振り込みあったりするイカサマである。一四七（いっすうちい）待ちを知らせる時はリー棒を手前に置く、二五八（りゃんうーぱぁ）は真中、三六九（さぶろっきゅう）は上方に、ピンズで待っている時は何気ない会話の中に金の話を含める。マンズは女の話、ソウズは天気などと細かく暗号を決め、連絡しあう。（アァ今日は蒸し暑い）と言い、胸元を扇ぐような仕草をしながら、リー棒を遠くに放り投げると、三六九ソウ待ちだ。仕込みやパイ渡しなどと違って確率は悪いが、証拠の残らないイカサマだ。鴨は雀荘で捜す事もあるが、ここのマスターが上客を見付けセッティングしてくれる事が多かった。新宿などの都心はリーチ麻雀が浸透し、同じテーブルに着けない事が多いので、おもに中野、荻窪などで打つ。マスターには紹介料と儲けの2割で契約している。

その翌日、二人は中野の葵という雀荘でくだを巻いていた。

真面目なサラリーマン風の格好をして、何気なく鴨を待っていた。　品の良さそうな中年の男が二人入ってきた。会話を盗み聞きすると、駅前の最高の物件がたった二億なのに未だに買いが入らないなどと、気の遠くなるような金額の話をしていた。

ガスは素早く身なりを観察した。足元を見た。白いバックス・シューズはコール・ハーンだろう。仕立てのよさそうなサマースーツを着ていた。ワイシャツは絹で、カフスはダイヤ、時計はロレックスのデイトナアイスブルーだ。日本ではだいたい六百万する逸品だ。まずはじめに足元に注目したのは、中産階級がその時だけおしゃれをしたつもりでも、なかなか足元まで神経がまわらない事が多いからだ。ガスの見立てでは年収二千万以上は間違いないとでた。たぶん不動産関係の仕事で、景気の悪いような話をしているが、あの余裕ある表情をみると、今までのようなボロ儲けが出来ないという事だけなのだろう。

上物の鴨がやって来たと、ガスはほくそ笑んだ。

「マスター、二人で打てますか?」

ロレックスをした白髪まじりの背の高いほうの男が言った。

ガス達は卓を囲んだ。

不動産屋達はかなり打てると思われたが、時折信じられないミスをする。闇でタンピンザンシキを上がったかと思うと、フリテン・チョンボをし、真面目な顔で待ちハイを間違えたりした。訳の分からない腕前だった。

2時間ほど経つと、彼らは仕事があると、席を立った。初め指を2本出していたので、ガスは相場の千点2百円だと思い、頭の中で計算した。二人で7万の勝ちだった。まぁ2時間ではいい儲けだと思った。

「ええと、私はマイナス25か」とロレックスは言うと、分厚い財布を取り出した。数を数え、テーブルに一万円札をドサッと置いた。

ざっと見て50万はあるように思えた。

二人は目を見張った。

もう一人のオールバックの銀縁メガネは、「19万5千円ですね」と、20万を置くと、「5千円のお釣りをもらえますか？」と、笑みを浮べた。

なんと相手は相場の十倍、千点2千円の計算をしているのだ。

「えっ⁉　そんな⁉…」と、ヒロシが感嘆詞を吐いた。

「はい‼　」と、ガスは大声を上げ、ヒロシの声を止めた。「えーと、…5千円ですね」


二人は雀荘を出ると、腕を突き上げてジャンプした。

やっとウンが向いてきた。信じられない鴨だった。金の成る木を手に入れたのだ。今度の土曜日の再戦も決まっていた。翌日が休みなのでじっくりやろうという事になっていた。不動産の取り引きは大金が動くので、一般人とは単位が一つずれているのだろう。金の価値を知らない馬鹿な人種だと思った。こういう馬鹿からは取れるだけ取ってやろうと思った。

その晩は遊べるだけ遊んだ。飲んで踊って女も買った。一晩で20万使っていた。

こんな筈ではとガスは思い始めていた。

土曜の18時から例の不動産屋達と卓を囲み、既に日曜の朝3時になっていた。ざっと計算して2百万負けていた。いくら策を弄してもトップが取れなかった。しかし朝まではまだある。焦る事はないと自分に言い聞かせた。客はもう一組いるだけで、店員は長椅子で仮眠に入っていた。

何百回目かの配パイが終わった。その直後だった。

「あれっ⁉　おかしいな？」

銀縁メガネが首を傾げた。そしておもむろに自分の配パイを広げた。

（なんだ⁉）と、ガスは一瞬驚嘆した後、ほくそ笑んだ。相手はチョンボをしてくれたなと思ったのだ。

「切るハイがないな」と、銀縁メガネは広げたハイを見つめたままつぶやいた。

（えっ⁉）

ガスはそのハイを見て、息が止まった。

メガネはラークマイルドに火をつけると、「天和（てんほう）（※役満）みたいだな？」と、のんびりした口調で言った。

「まいったな」と、ロレックスが呆れたように言ったが、眼は笑っていた。

ヒロシは口と眼をアングリあけている。

ガスは舌を鳴らした。やられた！と思った。

――天和の確率は確か33万分の1と記憶している。そうそう出来るもんじゃない。おそらくイカサマだろう⁉――鴨だと思っていたのが、実はハンターだったのだ。

ガスは〝ビートルズ〟の『ヘイ・ジュード』のメロディーを口ずさみ始めた。

その半チャンが終わった。

「そろそろ精算しますか？」

ロレックスが言った。

既に二人で5百万負けていた。冗談じゃない。

「まだまだ子供の時間ですよ。じっくり朝まで楽しむ約束でしょう」

「これ以上負けて払えますか？」

「…現金はありませんが、小切手でよろしければ？」

もちろん嘘っぱちである。

「ええ、小切手なら文句はありませんよ」

ガスは自分のロレックスのサブマリーナを卓上に置くと、「流れを変えるためにも、ウンを付けてくるか」と言いながら立ち上がった。

——卓上に置いたロレックスは、アメ横で買った8千円の偽物である。

数分たった。

「お友達遅いですね?」と、メガネが言った。

「なにしろウンを付けに行ってますので」

ロレックスと銀縁メガネは声を立てて笑った。

「何か飲みますか?」と、ヒロシが立ち上がった。

「缶コーヒー貰えますか」

「私はビール」

店員は寝息を立てている。ヒロシはカウンターの中に入った。

ヒロシの上半身がカウンターに沈んだ。

控え室に這って行った。静かに裏口を開けると、外に出た。そして走った。振り返る事もしないで、がむしゃらに走った。

アスファルトの路面が濡れていた。雨が降っていたようだ。僅かなネオンを反射し、路面はキラキラと輝いた。

ヒロシは時折足を滑らせながら、息を弾ませ、肩を上下させ、夢中で走った。

ガスはトイレに入ると、ロックし、腹に巻いてあるサラシの中から大きな布の財布のような物を取り出した。中からペンチが出てきた。この中には針金を折りたたんだ物や飛び出しナイフ、おかしな形をした鍵などがぎっしりと入っていた。

換気用の小さな窓をいっぱいに開けた。真夏が湿った熱風を吹き込んできた。窓枠に張ってある網を、ペンチを使って切り取り始めた。太い針金だ、音のしないように切るにはかなりの神経を使う。ガスは慎重にそして素早い手つきでペンチを操った。

『ヘイ・ジュード』は〝逃げろ〟という合図だったのだ。ロレックスを置いてきたのは時間稼ぎのためである。多少トイレが長引いても、これが置いてある限り戻って来るだろう、という安心感を抱かせるためである。

切り取った針金の枠を足元に置くと、狭い窓枠に頭から突っ込んだ。蛇のように抜け出した。右肘と左膝を突き出した針金で引っ掛けて切っていた。僅かに出血はあったが、緊張のためか痛みは感じなかった。

自転車が置いてあった。ロックのワイヤーをペンチで切った。一駅離れている高円寺のアパートに向かい、夢中で自転車のペダルを漕いだ。

今ガスは街頭のまばらな路地を走っている。アパートまで僅かの距離に来ていた。前方に電柱があり、傍らにゴミ袋が積まれていた。ガスは両手をハンドルからシートに移し、シートをグッと押した。次の瞬間、後方に飛び降りた。自転車は電柱の脇のゴミの山に激突して倒れた。静寂をやぶるガッシャン！という激突音の後、上を向き、カラカラと回り続ける車輪がなおも静寂を掻き乱し続けた。

モルタルの簡素な二階建てのアパートの階段を二段ずつ駆け上がり、廊下を闊歩した。リノリウム張りの床はきしみながら、ガタガタの中にキュキュという音を混ぜた。一番奥の部屋に辿り着くと、もどかしくベニアの華奢なドアを開けた。そして飛び込むように万年床に転がった。

約十分後、ちょうどガスが缶ビールを飲み干した時、リノリウムの床がキュキュという音を立てた。靴を置くスペースしかない玄関に大柄な男が立った。

眼が合った。

男の瞳の中の光が細かく揺れた。

「プッ!!」と、同時に吹き出した。ガスは転がりながら、ヒロシは玄関に立ったまま、腹を抱えて笑った。

ガスとヒロシは千葉県の茨木よりの市にある高校で同学年だった。

ガスは紅恋隊（ぐれんたい）という暴走族のリーダーを張っていた。

ヒロシは身長１８４㎝、体重85kgという堂々たる体格をしていたが、反面気が弱く、おとなしい性格だった。絶対手を上げない事を知っている同級生達はヒロシに使い走りや用を言い付けたりして、——いじめられっ子だった。——体の大きなヒロシを顎で使うことで、ある種の権力欲を満足するという心理が、悪ガキどもには働いていたのかもしれない。

ガスはヒロシと同じクラスではなかったし、その当時は特別親しかったわけでもないが、好印象を持っていた。小さな時から見てきて、誠実で真面目で、やる時はやるということを知っていた。

一度意見した事があった。

「嫌な事はイヤ！　と言ってやれ！じゃないと、いつまでも舐められたままだぞ」

ヒロシは大柄の体を丸め、「でも、そんなこと言っても……」と、もじもじしていた。

「そういう態度が舐められるんだよ！今度なんかあったら俺に言ってこい！」

ガスは小学の時、クラスで飼っていたウサギを不注意で逃してしまった事があった。その時、最後まで残って捜してくれたのがヒロシだった。結局ウサギは野犬にやられていた。翌朝ガスが暗い気持ちで檻の前を通ると、なんと!?　食われたはずのウサギがいた。——ヒロシがどこからか工面して入れておいてくれたのだった。そんな事もあってヒロシの事が頭の隅に引っ掛かっていたのだ。

それから暫くして、ヒロシが激怒した事件が起こった。それは趣味のラジコンの本をトイレに投げ入れられた事が発端だった。目を真赤にし、悪戯をした三人に向かっていった。度肝を抜かれた事もあったろうが、恵まれた体格のヒロシは三人をのしてしまった。そしてなおも馬乗りになって拳を打ち続けるヒロシを止めたのがガスだった。このままだと殺しかねないと判断したのだ。そのあとガスは三人に土下座させた。そしてそれが契機となってヒロシは紅恋隊に入った。

ガスがヒロシに一目置いたことで、自然とヒロシは自信と信望を身につけていった。だんだん雄弁に、積極的になっていった。――もうヒロシをバカにする奴はいなくなった。

ある日敵対する茨木の暴走族ＲＮＡ（レジスタンス・ナイス・アナーキー）に紅恋隊は待ち伏せを受けた。

ナワバリに入って来たＲＮＡの頭文字をとって、（Ｒ）連中は（Ｎ）泣き虫の（Ａ）アンポンタンと馬鹿にし、突っ掛ってきた親衛隊隊長の左腕を折ったのが、抗争の始まりだった。

奴らは本気だった。いつも流す海岸ぞいの道路にロープを張って待っていた。

数台がもんどりかえった。その中にガスも含まれていた。ガスは頭を打ち、脳しんとうを起こした。

気がついた時はガスは、やっと建っているようなボロボロの海小屋に運び込まれていた。

左腕にギブスをした親衛隊隊長の指示で、ガスの肩と腕はきめられた。そしてガスの左腕に、ギブスが容赦なく木刀を振り下ろした。鈍い音と共に骨が砕けた。ガスは転げ回ったが、歯を食いしばり、悲鳴も上げずに耐えた。

ギブスが「もう片方」と憎々し気に言い放った。

ガスの肩に手が伸びた。ガスはチョーパンを打ち込んだ。

相手は鼻血を噴き出して倒れた。

ギブスが木刀を振り上げた。

その時、絶叫が聞こえ、ヒロシを先頭に金属バットなどを振り回した仲間が駆け込んできた。

ヒロシはギブスの木刀を胸に受けたまま、金属バットを頭に叩き込んだ。ギブスは血を噴き出して倒れた。

あとはもうメチャクチャだった。

その後、パトカーが何台もなだれ込んできた。蜘の子を散らすように逃げ出した。ガスは仲間の手を借り逃れた。

ヒロシはまだやっていた。警官が仲裁に入った。切れてしまっているヒロシはその警官にも、曲がり傷だらけの金属バットを叩き込んだ。

ヒロシは検挙された。

ギブスは死に、警官は頬骨陥没で二ヶ月の重傷を負っていた。

ヒロシは少年法の適応を受けず、懲役9年となった。

そして暴走族は解散。ガスは退学になった。

ガスは中退者を歓迎してくれる自動車整備工場に勤めた。3年我慢したが、先輩と喧嘩して飛び出す。その後は電気店の店員、パチンコ屋、キャバレーの呼び込みなどを転々としたが、高卒と履歴書をごまかし、ある製薬会社の実験動物の餌係りとして就職した。

一年勤めたが、年下の研究員に顎で使われる事などに腹を据えかねていて、主任研究員にちょっとしたミスをした時、蔑んだ目で「クズ」と言われたことに遂に爆発し、殴っていた。

ブラブラしている時にヒロシの刑期が6年に短縮された事を知り、迎えに行った。

そしてそのままヒロシはガスのアパートに住み着き、今日に至っている。

その二日後の深夜だった。ガスとヒロシのアパートに、5人の男が押し入ってきた。寝込みだった事もあり、2人は殆ど抵抗もできずに捕まった。

そして1階がフィリピン・パブ・愛々(あいあい)、2階がローン金融・黒金、と書かれた細長い5階建ての雑居ビルに連れていかれた。3階の黒金事務所まで登らされた。なんのことはない、暴力団新法によって名前だけ変えた純然たる暴力団である。

梱包テープで後ろ手に縛られている二人は背中を突かれ、中に入れられた。倒れ込んだ。そして、そこにいた若い組員に背中といわず腹といわず蹴られた。

「藤堂の兄貴！」

突然、蹴りがやんだ。

「顔を上げさせろ」

背骨に震えのくるような、ドスの効いた声がした。

ガスは膝を折ったまま藤堂という男を睨んだ。

白いサマースーツに身を包んだスキン・ヘッドの男が立っていた。見事に剃られたヤクザ独特の頭だった。その左手首にロレックスがあった。デイトナアイスブルー（※大体六百万円）だった。再び顔を見た。見覚えがあった。二日前に卓を囲んだ白髪の不動産屋だった。上品なかつらという仕掛けで、鴨を待っていたのだ。——馬鹿だった。

「5百万はどうした？即刻返してもらおうか」

「……」

「返事は？」

白いエナメル・シューズがガスの胸に飛んできた。

「ウッ⁉……ねーよ！」

「ねーじゃすまねーだろ！」

「じゃ、指でも腕でも持ってけ」

「そんなもん貰っても一銭にもなんねんだよ」

藤堂はヒロシの前にしゃがみ込むと、ヒロシの顎を指で上げた。

「もっとも命なら別だがな。その前に生命保険をかけてな」

「ゥッウウ……」

ヒロシは生来の弱気の虫が出たようで、嗚咽を漏らしはじめた。

その時ドアが開き、頬に古い刀傷のあるオールバックの銀縁メガネが入ってきた。刀傷はあるが麻雀の相方に違いなかった。おそらく二日前は、なにか特別なメイクでもして隠していたのだろう。

「まぁ兄貴、彼らも将来のある身だ、一ヶ月待ってやりやしょうよ」

その後、ガスとヒロシは借用書にサインと拇印を殆ど無理やりにさせられた。

「じゃ、一ヶ月後に一千万持って来い。逃げるなんて了見起こすなよ。我々の力を甘くみんじゃねえぞ！」

「一千万じゃなく、5百でしょう?」

「おまえたちは、自分でサインしといて、文面を見なかったのか?」

（なにが自分でサインだ⁉　ふざけるな！）

「日に複利で2分と書いてあったろ。一ヶ月後は約一千万になるんだよ」

ガスは床に唾を吐いた。両側から蹴りとパンチが飛んできた。

「そっそんな金、無理ですよ」

ヒロシが震える声で言った。

「頭を使え！我々は銀行と一緒で、金の出所はいっさい詮索せんよ」

「じゃ、強盗でもしろということかよ」

「そんなことは言ってませんよね。藤堂の兄貴」と、今まで黙っていた銀縁メガネが声を出した。

「あぁ、自分で生きる道を考えろ！と言ってんだ」


7月23日、午後11時37分。ガスとヒロシは黒ずくめの格好をして、友愛製薬の塀の外にいた。ここはガスが半年前まで実験動物の餌係りとして勤めていた会社だ。内部事情は知っていた。夜間は正門に三人の警備員が居るだけで、次の巡回は午前2時まで行われないという事も。

垣根沿いにまわり、死角になる場所から塀を乗り越えた。

真っ直ぐ動物飼育室に行った。この部屋はサッシ一枚だけで隔てられている。

鍵のまわりをガラス切りで切った。ガムテープを貼り、ガラスを取り除いた。出来た穴に手を突っ込み、鍵をはずした。中に入った。突然、この世のものとは思えないような狂騒が始まった。丸いライトの中に猿や犬、ネズミなどが浮き上がった。それらが檻の中で暴れ、鳴き声を上げている。

急いでその部屋を通過した。

廊下に出ると非常灯が点いていて、薄明るくなっていた。

微生物学研究室のドアの前に立った。

簡単なシリンダー錠が掛けてあった。先の曲がった針金を取り出し、鍵穴に差し込み、数回ガチャガチャとまわした。

開いた。

こんな簡単な物なら、誰でもやり方さえ知っていればものの数秒で開けられるだろう。まことに日本は不用心に出来ているとガスは思った。

——高校の仲間に特技、錠前破りという奴がいて、勉強もしないでこんな事ばかりやっていた。しかし物理とか高等数学が実社会で役立った記憶はないが、これは習っていてよかったと思った。

中に入った。電灯を点けた。この部屋は外からは見えないのだ。

里見と書かれたロッカーに手を掛けた。開いていた。この持ち主はルーズな性格だった。全てにそうというわけではない。四十歳前後で博士号を持ち、研究は骨身を惜しまずやるが、他の事にはまことに無頓着なのだ。

(よかった!?　あった)

白衣のポケットから2枚のカードと鍵を取り出した。他の人は室長の御達しで金庫に入れるか、肌身離さず持っているが、彼はいつも白衣に入れっぱなしなのだ。

ルーズに乾杯と思った。

今度は鍵を使って次の部屋に入った。正面奥に巨大な銀色の鋼鉄製のドアがあった。この中に病原微生物・完全密閉室があるのだ。

ガスはカードを差し込み、横の押しボタンの前に立った。

(変わってないでくれ)

この6桁番号はだいたい半年ごとに変わっていた。ガスは１４７３９6と押した。

ギューン……

小さな唸りにも似た低い音がして、鋼鉄製の分厚いドアが後ろにスライドした。

ガスは割と親しくしていた石田という若い研究員に、密閉室の中の冷蔵庫の調子が悪い、急を要するんでみてくれと言われ、中に入ったことがあるのだ。彼には以前電気店に勤めていた事を言ってあったのだ。もっとも販売だけで、修理は見ているだけだったが………。

その時に石田の横に立ち、番号を押すのを見ていたのだ。一回で覚えた。それは麻雀の筋待と同じだったからだ。イッスーチー　サブロッキューと覚えた。最後の6と9が逆になっているだけだ。

二人で入ってもしようがないので、ヒロシがここで張っていて、誰か来たら密閉室内に電話することになった。

ガスは靴を脱ぎ、中に入った。電気のスイッチを入れた。ドアのボタンを押すと、ギューンと閉まった。

ここは三度目だが、落ち着かなくなった。天井も壁もすべて銀色で、巨大な冷蔵庫に閉じ込められた気になる。

次の部屋に入った。ここは普通の微生物実験室になっている。

中央の安全キャビネットの蓋を開けた。いくつかのスイッチをオンにした。

ブーンと重く低い音がして、それが高くなっていった。巨大なファンやフィルター類が回り出したのだ。

次の部屋はいよいよ病原ウィルスたちのいる、完全密閉室だ。

まるで巨大な金庫のような丸い厚いドアの前に立った。

特殊な人しか持てないもう一枚のカードを差し込んだ。――このカードの使用は、自動的にコンピューターにファイルされるという事である。

横のデジタル・ボタンを460437と押した。これは〝死むわよ皆〟とゴロで覚えていた。

巨大な取っ手を手前に引いた。

開いた。

中に入り、丸いボルトを締めた。

突然、低くなっている気圧が耳に不快感を与え、ヒビテン消毒剤の臭いが鼻を刺激した。

このまま得体の知れない微生物たちと共に閉じ込められるような気がして、足がすくむような恐怖に襲われた。

次は更衣室になっていた。

ここですべての衣類を脱ぎ、黒子の着るようなピッタリした黒い服を頭からスッポリ被るのだ。ガスはピッタリした黒いスエットをはじめから着ていたので、そのままスーツにかかろうと思った。

それは銀の壁を囲むように一列に掛かっていた。以前テレビで見た宇宙飛行士が着ていた物とそっくりだ。大きめで、胸に青ランプの点滅している物を選んだ。青ランプは充電完了のサインになっているのだ。

靴も手袋もつながっている宇宙服の腹の部分から潜り込んだ。手足を入れた。頭に金属製のネックが当たる。手足を踏ん張り、亀のように首を伸ばす。多少の抵抗のあと、赤ちゃん誕生のようにスポッと顔が出た。ジッパーを引っ張り上げた。

次はフル・ヘルメットだ。

小さくて側頭部に引っ掛かる。不快感が込み上げる。ギリギリと押す、耳が変形した。軽い痛みを覚えた。しかしこれをやらない限り、命の保障がないのだ。なおもギリギリと押し込む。突然抵抗がなくなり、スーと入った。前面の大きなアクリルの窓が息で曇った。呼吸ができなくなるという意味のない恐怖にかられ、何もかも脱ぎ捨て、逃げ出したくなった。

なんとか気を取り直し、スーツの首の輪とヘルメットを接続する作業に入った。接続部の仕組みはまるで列車の連結器のミニサイズだ。馴れている人は実に簡単そうにとめるが、ガスはそうはいかない。なかなか合わない。汗が滲み、呼吸が苦しくなった。

やっとはまった。

胸のボタンを押した。

ヒューン………

小さく高い音がした。背中のモーターがまわり始めたのが分かった。口の先から空気が押し寄せた。

〝ひょっとこ〟のように飛び出した口の先に0・01ミクロンのヘパフィルターが付いていて、モーターの力で吸引しているのだ。ウィルスの大きさは一般的に0・1ミクロン位なので、このフィルターはどんなウィルスも濾過するように出来ているのだ。

体じゅうに空気が満ちてきた。ゴーグルの曇りがサーと取れた。これが本当の〝ひと息つく〟だ。

すぐに次の金庫のようなドアに向かった。

丸いハンドルのようなボルトを回した。プシュという空気の抜ける音がした。気密の良いドアが開いた。

中に入って、そのボルトを締めた。

色々な重機備品が銀色の部屋に満ちていた。

グローブボックスの前を通り、顕微鏡などの乗っている大きな作業台をまわって、高圧蒸気滅菌器（オートクレーブ）を過ぎると、また金庫の戸があった。それをくぐった。

4m四方の狭い部屋に出た。また耳が痛くなった。急いで胸のレバーを強にした。——気圧がひと部屋ごとにどんどん下げられているのだ。空気が入るのはかまわないが、微生物の混入した空気は絶対出さないようにしてあるのだ。

最後の部屋に入った。

不気味な赤い光で満たされていた。広さはちょうどガスのアパートと同じ位で、天井が丸く湾曲している。そこに1m間隔ぐらいにファンがあり、音もなく回っている。

一番奥に進んだ。

巨大な電子顕微鏡の横に、レストランの厨房に置いてあるような大きく四角い冷蔵庫があった。

——この冷蔵庫を直してくれと山田研究員に頼まれたのだ。

中央の作業台の一番左の引き出しを開けた。鍵を取り出した。冷蔵庫の鍵穴に差し込んだ。

中から白い煙りが沸き出すように溢れた。冷凍液の替わりに液体窒素が循環していて、常にマイナス70度を保つようになっているのだ。

あの時、須賀（ガス）が中を調べようとして、小さなビン立てに触れた。石田は慌てて、ガスを制した。そして貴重品を扱うようにビン立てを持つと、ゆっくり隣のエアーカーテン式の冷蔵庫に移動させた。

これはエボラといって、この中の一本だけで東京を、……数本あれば、日本を壊滅できる程の悪性のウィルスなんだ、と言っていた。

その時はただ恐ろしく、震え上がった。――狼狽ぶりや話しのニュアンスで、嘘や誇張ではないと感じ取ったからだ。

結局サーモスタッドがいかれていて、ガスが式番からメーカーに注文したのだった。

作業台からファスナー付きのビニール袋を取り出し、口をひらいた。恐るおそるそのビン立ての中から、霜に覆われた一本を取り上げた。手袋の中の手から汗が噴き出すのが分かった。袋の中にゆっくり入れた。直径２㎝高さ５㎝位のビンが、指の跡だけ透明に残し、袋の底に落ちていった。

いつの間にか、荒い息がゴーグルを曇らせていた。

ガスは急いでその部屋を出た。

次の次の部屋に入った。４ｍ四方の狭い部屋だった。

一歩踏み出すと、天井から紫の液体が豪雨のように降り注いだ。

一面に紫の霧がかかった。

一瞬驚嘆したが、すぐに思い出した。滅菌のために安定化次亜塩素酸水と消毒薬をプラスしたシャワーが自動的に降るシステムになっているのだ。そしてそれが終わるまではドアは開かないようになっている。

ガスはもどかしく一定時間が終わるのを待った。

＊

ガスとヒロシは河川敷のグランドにいた。ここのところ毎日ここに来ていた。

ヒロシは真剣な顔で、プロポの送信機を操っている。遥か彼方に小さくヘリコプターの姿が確認できた。

風切り音と共にヘリが近付いて来た。上空5、6ｍのところで静止した。機体全長1200ｍｍの姿が顕になった。——それはラジコンヘリだった。

そのヘリは地面に引かれた円の中に徐々に高度を下げていった。円の中央に黒いアタッシュケースが置いてある。土煙りが上がり、風切り音とエンジン音が耳をつんざいた。

本物と比べても遜色のない機体だ。精密に9か10分の1に縮小してあるように見える。

ガスは這うように円の中に入ると、ケースをヘリのスキッドから垂れているフックに掛けた。そして指を丸めてOKサインを出した。

ヘリは徐々に上がって行った。ケースとヘリを結ぶロープがいっぱいに張られた。エンジン音が大きくなった。ケースの片側が浮いた。

次の瞬間、ヘリはラダーするように大きく右に傾いた。

「駄目だ！スロットル出来ない！」

ヒロシが必死の形相で叫んだ。

「なんだって⁉」

「バックをはずしてくれェー！」

ヒロシはガスと付き合いだす前の唯一の友はこのラジコンだった。

近所に住んでいる叔父が休みになるとこれを飛ばしていた。小学の時はただ指をくわえて眺めていたが、中学になるとトレーナー付きで操縦を体験させてもらうようになった。

フライト・テクニックはかなり難しく熟練が要求される。ヘリが飛ぶのは長いメインローターが飛行機の翼と同じように揚力を発生させる為だが、ヘリの場合は一緒に反動トルクも生じてしまう。これがメインローターとは反対の方向に機体を押しやるのだ。しかも回転数や回転の変化によって、その大きさを変えるので厄介なのである。それをテールローターやジャイロなどで制御し、コントロールするテクニックが必要になってくる。

ヘリは墜落するとまず壊れてしまう。ヘりは高額だ。だからトレーナー付きで我慢していた。いつの日か自由に飛び回れることを夢見て……。――いじめられっ子だった自分を重ね合わせていたのかもしれない。そして今はヒロシにとってガスが空だった。ガスによって自由になれたのだ。大空のようなガスの為なら何でもできると思えた。

そしてトレーナー付きでエルロンとエレベーター操作はマスターした。

中学三年の冬、朝起きると、枕元に汚れたラジコンヘリが置いてあった。憧れのハミングバードが……。叔父は事業に失敗して夜逃げをしたのだ。狂気のような忙しさの中、ヒロシの枕元にヘリを残して……。

それからほどなくしてヘリは墜落事故を起こして壊れてしまったが、ヒロシの中には叔父に教わったテクニックと、叔父への思慕は生き続けていた。

「やったぁ!!」

ヒロシとガスは握手を交わした。

ヘリはアタッシュケースを吊り下げ、高々と浮かんでいた。アタッシュケースの中には8千グラムに調整された石と砂が入っている。このヘリは昔使っていたハミングハードより本格的で、農薬散布や空中撮影などにも応用できる、60クラス2サイクル・エンジンを搭載したコンセプト60である。

「なんとか8千万なら運べるな」と、ガスが言った。

「うん。でも天候を選ばなくちゃな」

ケースを吊っての飛行距離、飛行時間、コントロールを何度も試して帰路についた。

友利義秀社長殿へ

お前のガキより大事な物を、友愛製薬の完全密閉室から預かってる。

『エボラ・ウィルス』だよ！

日本を全滅できるだけの量を、たった8千万円と交換してやるよ。

余分な事しやがれば遠慮なくばら撒く。

金をすぐに用意しておけ。詳しい取り引き方法は後で連絡する。

ハミングバードより

――この手紙はガスとヒロシが新聞や雑誌の活字を使い、苦労して完成させたものである。


翌日、ガスとヒロシはバイクに跨がり、受け取り場所の選択にかかった。

まず、こちらからは相手の動きが手に取るように見える事。風の影響の少ない遮蔽された所。相手が追って来られない所。ヘリを隠せて、逃亡に有利な場所。しかも飛行距離とコントロールの関係で、400m以内に操作適性場所がある地点を見付けなければならなかった。

一日中探しまわったが、そんな都合の良い場所は見付からなかった。

次の日は少し半径を広げた。

ガスは多摩区の百合ケ丘のある地点を気に入った。そこは小さな盆地のような地形で、5、6m下に一望できる草原があり、人家もなく、少し走れば幹線道路にぶつかる。木々がカモフラージュしてくれる少し高台のここから双眼鏡を使えば、相手は細工する場所も隠れる所もなく、動きは手に取るように分かる。という理由で、ガスはここを主張した。

しかしめずらしくヒロシが反対した。この位の斜面じゃ、相手は駆け上がって来られる。荷物をしょったヘリじゃ振り切る自信がないという事だった。ガスは専門家の意見に仕方無く同意した。

結局その日も無駄足だった。

次の日はもっと遠出した。

その晩、二人はビアガーデンに来ていた。

「ハミングバード作戦に乾杯!!」

やっと二人共納得できる取り引き場所が見付かった。二人はもう成功したも同然と思っていた。

相手の慌てふためく顔が眼に浮かんだ。そこは八王子を15km程南下した相模の津久井郡にある津久井湖だった。

取り引き地点を湖の真中に指定し、ボートで来させ、慌てふためく顔を観賞しながらのんびり退散するという寸法だ。

「ガハハハ……」

と、ガスは哄笑すると、ビールを頭からかぶった。

ななめ前のテーブルにいる二人の若い女達が驚いたように顔を見合わせた後、含み笑いを浮かべた。

「ネェー彼女！　気持ちいいぜ！　一緒にやらない⁉」

「馬鹿みたい！　気持ちいいわけないでしょ」

と、赤い髪の女は眼を丸くして言った。

「アァ気持ちいい！ヒロシもやれよ」

「オゥ！」

ヒロシもジョッキに半分ほど残っているビールを頭からかぶった。

「ワハハ……」

ガスはアロハを脱いだ。真っ黒に日焼けした逞しい胸板が現われた。そしてアロハで頭を拭き出した。

「気持ちいいなぁ！　一週間、洗ってなかったし」

「ヤダッ⁉　汚い！」

「ねぇ、シャンプー持ってない？」

ガスは女達のテーブルに歩んだ。

「持ってるわけないでしょ」「汚いから来ないでよ」

などと言いながら、女達はケラケラと笑った。

その後、ガスとヒロシはカップルに別れ、ネオンの海に消えて行った。


その約3時間後、ガスはスキップするような弾んだ足取りでアパートの階段を上がった。

明りが廊下に洩れていた。

(しょうがねえなヒロシの奴は⁉　ドア開けっ放しで)

部屋の前で愕然とした。

ドアは引っこ抜かれ、向こう側に倒れていた。部屋の中はメチャクチャで、ラジコンヘリは踏まれたかのように壊れていた。そしてヒロシが頭と鼻から血を流し、茫然と立ち尽くしていた。

ガスは冷蔵庫に飛び付いた。冷凍室を開けた。ウィルスは消えていた。

(なんでだァー‼)

頭を抱えた。…発泡スチロールの箱にドライアイスと一緒にし、冷凍室に入れておいた筈なのだ。

「どうしたんだよ⁉」

「すまねぇガス。すまねぇガス」

「すまねぇじゃ、わかんねぇじゃねえかよ！」

「わりぃ、わりぃ、……わりぃ、……………」

黒金組の藤堂は配下を使ってガス達の奇妙な行動を監視していて、何かあると睨み、押し入った。そして脅迫状とウィルスを持ち出そうとした時に、ヒロシが現われた。喧嘩のプロ４人相手ではさすがのヒロシもどうすることも出来なかった。

3

国友は萌からの報告を聞き、納得していた。これで全ての患者が収束した。

昨日二階堂が調べたカップルだけがどうしてもクロスしてこなかったが、萌の聞き出した事実によると、女性のほうは既に死亡している春彦と一夜の浮気をしていたのだ。なかなか真相を話してくれなかったわけだ。男性のほうはもちろん、彼女から感染したのだろう。

これで全て二宮春彦とリス園、パラダイス食堂に接点が現われた。国友は益々ミーアキャットに疑惑を持った。

国友は今、会議室にいる。佐々木局長と深田昌利博士、細沼実チーフ、大久保和男チーフと対策会議をしていた。

――先日の会議でエボラには治療薬は存在しないし、ワクチンも既に発病した患者には有効性は確立していない。ただマウスを使った東京大学の実験で、効果があったというデータを根拠に、何もしないより、副作用の考えにくいワクチンに頼るしかないという結論に達していた――


「ワクチンの手配はうまくいきましたか?」と、佐々木局長が細沼チーフに質問した。

「日本で製造許可を持っているのは、シモンズ・住吉製薬だけですが、在庫は今のところたったの千五百本だけでした」


まわりからざわめきが起こった。

「それはわかった」ざわめきを遮るように局長が大声で言った。「では、各研究施設の研究用ストックの治療用に転用できる数は?」

「はい。これらは絶対数が少ないので、全て協力してくれると仮定しても、五百本に満ちません。しかし、アメリカ支店に五千本の在庫がありました。至急送って貰えるそうです」

「それにしても少ない。島民の数だけでも約一万人いるんですよ」

深田博士が言った。

「ええ。ですが、最優先で製造をお願いしましたので、なんとか七十日ほど凌いで下さい」

溜め息がひとつ聞こえた。

「一つ提案なんですが?」と、細沼チーフが続けた。「インフルエンザ治療薬のファビラを使ってみるのはどうでしょう?」

「うーん。私もそれは考えてみた」と深田博士が白髪を掻いた。「しかし、適応症は取ってないし、効果が認められたと言っても組織培養での話だ」

「いいえ、ギニアのMSF(国境なき医師団)のエボラ治療センターで臨床試験が始まりました。一定の効果は出ているということです」

「よーし、厚生労働省に掛け合って、適応症の特例をお願いしてみよう」と、局長が目を輝かせた。「細沼チーフ、ファビラの在庫は?」

「これもシモンズ・住吉製薬ですが、今は工場のラインを変更し、別の薬を作ってますので、微々たるものです」

「うーん。……厚生労働省の返事待ちだが、いつでもファビラにかかれるよう指示を出しておいてくれ」

「はい」

「仕方無い。これ以上の蔓延を防ぐのはもちろんだが、なんとか本土上陸だけは阻止しなければならない。隔離地区を広げることを考えよう」

「はい。私の考えでは、元町港と空港を含めた島の半分を封鎖すべきだと思います」

大久保チーフが言った。局長はまわりを見回した。国友と深田がうなずいた。

「よし。大久保チーフ、私とそっちに掛かろう」

「はい」

「国友チーフ、病原菌の宿主の解明は？」

「第1世代の患者の二宮春彦とリス園のミーアキャット、それとパラダイス食堂に絞られましたが、相手がエボラということになりますと、ミーアキャットが一番怪しくなります」

「すまん。検査で手一杯で」と、局長は壁掛け時計に視線を送った後「40分ほど前にウィルス科から連絡があり、ミーアキャットの全ての検体を調べたが、シロという事がわかった」と言うと、えらの張った顎の前に片手を立てた。

茫然自失したように、国友は宙を見つめた。


国友は萌と二階堂を会議室に集め、一人ひとりの患者の感染経路を推理していった。

第2世代の患者は全て、いずれかの第1世代との接触が確認できた。問題は第1世代の4人だった。――全てリス園と接点があり、南アフリカ原産という事もあってミーアキャットに攪乱され、冷静な分析がとどこおっていたのだ。

食事を中心に集計している二階堂が声を出した。

「二宮春彦、カメラマン、民宿の主人、全てがパラダイスで〝御神火巻寿司〟を食べてます」

国友もそれは気付いていた。

「でも、肝心のパラダイスの主人が食べてないわ」

萌が代弁した。

「第1世代で御存命なのはパラダイスの主人だけでしたよね」と、二階堂が言った。

「そうだ。もう一度あたってみよう」

「はい」

パラダイスの主人は〝御神火巻寿司〟は食べてなかった。が、その材料であるサバのそぼろをつまみ食いしていた。

サバのそぼろとは、サバの肉を蒸し、細かくほぐし、天日で干した物だ。

全員に共通項は見付かったが、エボラは生体内でないと増殖できない。しかも紫外線に弱く、摂氏60度以上で死滅してしまう。つまり（今まで魚類に寄生していた例は報告されていないが）、強引にサバに寄生していたと仮定しても、以上の行程を辿ると100％死滅してしまうのだ。

国友は頭を抱えた。絶望感に支配された。

「チーフ、顔色悪いですよ。宿直室かどこかで休んで下さい」

萌が心配そうに言った。

「いや、私は大丈夫だ」

二人の顔を見ると、二階堂は蒼白な顔をしてやっと立っているように見える。萌も眼の下の隈が薄化粧の上から分かる。

「よし、新しい指令を出す。全員、ビタミンの点滴を受けること」

お互いに静注を打ちあい、三人は枕を並べて横になった。

何分も経たないうち、二階堂は寝息を立て始めた。かわいそうに余程疲れていたのだろう。

「チーフ、昨夜はごめんなさい」

萌が小さな声を出した。

「うーん。何のことかな?私は忘れたよ。君も忘れなさい」

「どうしても、自分の気持ちに嘘をつけなかったんです。……」

「君は錯覚してるだけだよ」

「ウフッ　とにかくごめんなさい。今度はもっと計画的にやります」

(計画的に何をやるんだ?喜美子《＊妻》もそうだが、女心とはわからん)

「お手やわらかに」

国友が表情に困惑を見せると、萌は意味深な微笑みを浮かべた。

(待てよ！もし計画的だったら⁉　計画的に菌を……⁉)

その時、ノック音が聞こえた。

「どうぞ。あいてます」

佐々木局長だった。

「いい格好だね。クサヤの干物が並んでるようだよ」

「フフ……」と、萌が笑った。「一緒にどうですか？最近働きすぎですよ」

萌は、局長が今回の事件だけでなく、執筆活動やテレビでの講演などで休む間もないのを知っていた。

「ありがとう。気持ちだけ貰っとくよ。萌くんはいい奥さんになるな」

萌はうれしそうに微笑んだ。局長はセカンドバッグからいくつかのカードのような物を取り出すと、処置台の上に置いた。

「君たちの健康保険証、ここに置いとくよ」

――センター員だからといって、勝手に薬剤を使えるわけではない。保険医療機関に保険証の提示が必要なのだ。

「すいません。こんな事までお願いしちゃって」

「いや、ついでがあったからね」

「局長もいい旦那さんになれますよ」と、萌が言った。

「それは、それは、ありがとう」

笑い声が暫く続いた。その後、国友はトンボ針を抜き取ると、立ち上がった。

「局長、ちょっといいですか?気になる事があるんです」

ドアの外に出た。

「あくまでも仮定ですが、分析したところ、サバのそぼろだけにしか接点が見付かりません」

「だが…」

「待ってください。最後まで聞いてください。……誰か作為的に、取り込んでおいたサバのそぼろに、菌をばら撒いたという仮説が成り立ちます」

「だが、…誰がそんな事をして得するんだね。それに簡単に手に入るウィルスじゃないだろ」

「……もう手遅れかもしれませんが、サバのそぼろを調べてみます」

「あぁ、…宜しく頼むよ」

その数分後、国友は一人で車に乗り込んだ。パラダイス食堂に向かった。

食堂に到着した時だった。スマホが鳴った。局長だった。

「今、何をしている?」

「パラダイス食堂でサバのそぼろの回収をしようと思っていたところです」

「うん、分かった。…それはこちらでやる。君には区立中野中央病院に飛んでもらいたい」

「何かあったんですか⁉」

「中野でエボラらしい患者が出た」

4

日は沈み、地表は一面クリスマス・ツリーのようなネオンで飾られていた。指令を受けてから6時間が経っていた。事は一刻を争う、遅れる事はエボラの猛威に東京を席巻されかねない。国友は地団太を踏む思いで揺られていた。

やっと運搬用の大型ヘリは区立中野中央病院の屋上に到着した。

国友達はすぐに院長と担当医師に会い、連絡した通り、患者の家族、同居人、ここ2週間の濃厚接触者を隔離できたか尋ねた。

家族は母が来ているが、二年前に電話連絡があっただけという事だった。同居人はすでに強制入院させ、現在検査中という事だった。

検査はこちらでする事を告げ、患者の症状と今までの検査結果を尋ねた。

それは明らかに進行したエボラの症状を示していた。恐れていた事態が現実味を帯びてきた。

萌と二階堂に移動検査室と移動隔離室の組み立てを指示し、国友は防護服を着用すると、担当医の後に続き、集中治療室に入った。

騒然としていた。患者はのっぴきならない状態に陥っていたのだ。

国友は歩み寄ってきた年配の男と自己紹介をしあった。男は内科部長、黒川明ということだった。

心電図のモニターを見ていた看護師が突然大声を上げた。

「心室細動が停止しました！」

「除細動を行なう！」と、黒川が年に似合わぬ大声を上げた。「アドレナリン！」

「マッサージを行ないます！」と若い医師は叫んで、胸骨圧迫式心マッサージを始めた。

張り詰めた時が流れた。モニターは依然と変化を見せなかった。

それを見つめていた黒川は、「ＤＣ（電気的除細動）に切り替える！」と声を張った。

「手伝います！」と言った国友は、電極を手に持った。「ＤＣ２００で用意！」

「はい！」と、看護師がダイヤルを操作した。「ＤＣ２００！」

「チャージ」と、国友が言うと、一人の看護師が、一歩患者に近づいた。

「離れて！」と、国友は叫ぶと、電極を患者に押し付けた。患者の体が跳ねるように反った。

「……駄目です！」

「もう一度、チャージ！」

患者はまだ二十代半ばに見える青年だった。真っ黒に日焼けした逞しかったろう胸板も、今は泥で出来た埴輪のように見えた。

「チャージ完了しました！」

「離れて！」

国友は叫ぶと、電極を患者に押し付けた。青年のその胸板が跳ね上がった。

「戻ってくるんだ」

国友は青年の耳元に囁いた。

その青年は須賀政善だった。

ガスはあの晩、乱雑した部屋の中でヒロシと黒金組への報復を相談した。まず敵の動きを知ることが必要だった。もう二人に魅力のなくなった黒金組は監視を続けているとは思えなかった。堂々と二人は主に藤堂に狙いを定め、尾行を繰り返した。

そして遂に拉致を決定した翌朝だった。

ガスは高熱を出し、下痢に苦しめられた。それでもヒロシの後ろに跨がった。ホンダＣＢＲは風を切って疾走した。急カーブだった、ガスの体は空に舞った。

そして救急車で運ばれ、９日間が経っていた。失神状態で落下した為か、驚くほど傷は浅かった。大腿部の裂傷だけで済んでいた。しかし潜伏期間の終わったエボラは、容赦なく臓器を蝕んだ。

再び、ガスの体が跳ねた。

国友はガスの片手を握り締め、耳元に声を送り続けた。

手に握力を感じた。

「心室細動が動き出しました！」

看護師の喜々とした声が響いた。

国友の胸に熱い物が込み上げた。「よし」と、国友の肩越しから声が聞こえた。国友はゆっくりと振り返った。目尻に笑みを湛えた黒川がいた。

その直後、ガスは片手を力なく上げた。そしてその手で酸素を送っているベンチュリー・マスクを引き剥がした。現われた唇がわずかに動いた。

「どうしたんだ?なにか言いたいのか？」

「……くろがね…ぐみ……とう・・・どう・・・・・・」

というダイイング・メッセージ（死際の伝言）を残すと、ガスの首は力なく垂れた。

その後、二度と心電監視モニターの光が振れることはなかった。


国友は看護師の後をついて同居人、中道弘の隔離されている病室に向かっていた。

ヒロシは既に第2世代の徴候を示していた。高熱と酷い脊痛を訴えているという事だった。

5階にエレベーターが到着した。その時、廊下のスピーカーから声が流れた。

「国立伝染病センターの国友ドクター、至急305号室においで下さい。繰り返します。………」

（なに事だ⁉）

国友は降りたばかりのエレベーターに引き返した。

305号室に入ると、黒川医師の顔があった。

「ちょっと診てください。須賀政善くんの症状と酷似しているのですが？」

赤い髪のコケティシュな容貌の若い女性が横たわっていた。

「彼女はいつ？」

「ほんの2時間前に救急車で」と黒川はカルテを差し出した。

生存徴候はエボラを示していた。

国友はヘラで口腔を調べた。歯茎の出血と、上口蓋（じょうこうがい）粘膜に点状出血が見られた。次に腹部を露出させた。点状皮下出血があった。恐らくエボラだ。

国友はＰＣＲ検査を黒川たちに進言した。次に彼女に須賀政善との関係を尋ねた。知らないという答えだった。黒川と看護師の助けを借り、容姿を説明した。十日前に中野駅前のビアガーデンで知り合った男に似ていると言った。その後、彼女に濃厚接触者を挙げてもらった。

国友は5階に用意した移動隔離室に彼女を移動させるよう指示し、この病室の消毒と、全員のいま着ている衣類の焼却を命じた。

――彼女はビアガーデンでガスと知り合った女だった。あの晩、肉体関係を結んでいたのだった。


国友は佐々木局長に連絡した。局長はまだ大島だった。

「ご苦労さま。よくやったよ。私から警察と保健所に連絡し、彼女の濃厚接触者の捕捉は試みてみるよ。それから収容はセンターにする」

「はい、お願いします」

「それと、申し訳ないが、センターにそれなりの部屋を用意するから、君たちも家に帰るのは我慢してくれ。…昌平くんと千絵ちゃんには私から謝っておく」

二人は国友の子供だ。いつも思う事だが、局長は細かい事にもよく気がつく。承諾せざる負えなかった。

「局長こそ、永遠ちゃんが寂しがってるでしょう？」

「うちのはまだ一歳だ。何も分からんよ」

局長は初めの子を事故で亡くしていた。自宅の風呂場で頭を強打し、それが原因で亡くなっていたのだ。その時は局長もそうだが、奥さんは声を掛けるのもはばかれるほど憔悴し切っていた。奥さんは美佳といい、国友より二つ下の37歳だ。たしか文化人類学者を父に持つ、優雅な美人である。一度お邪魔した際に和服で迎えてくれ、本格的なお茶を立ててくれたのには驚いた。もっと驚いたのは、「オホホ……」と笑う事だった。それにおっとりというよりも、おっちょこちょいのところがあった。敷居に躓いて転びそうになったのと、テーブルを拭くときに醤油差しを倒したのを目撃していた。だがそんなことは全て許してしまえる程のしっとりとした美しさを持っていた。肌は抜けるように白く、その辺の女優顔負けと思えた。そんな奥さんも葬儀の時は病人のような土気色の肌をし、いっぺんに十も歳をとったように見えた。そして一年前、局長が44歳にして無理だと思われた子が出来たのだ。二人の喜びは想像を越えるものがあったろう。だから誰よりも子供に会いたいのは局長の方だと思えた。


国友は完全防備をすると、5階のヒロシの病室に向かった。

名前を確認し、ドアを開けようとした。と、その時、看護師が飛び出して来た。まるで追われるイノシシのように慌てていた。

「なにごとですか⁉」

「あっ、はい。実は、ここの患者の姿が見えないんです」

「えっ⁉」

ヒロシは高熱に苦しめられながらも、ガスの容態を心配していた。ひとりの看護師が入って来た。そしてヒロシの問いに真実で答えていた。

ヒロシは泣いた。大きく口を開けたまま、声も上げずに泣いた。見開いた目からは源泉のように涙が噴き出し続けた。

ヒロシにとってガスは友であり、兄であり、空だった。小学の時は憧れていた。ガスの姿を気が付くと追っていた。勉強は出来なかったが、快活で、枠に閉じ込められない個性をいつも発揮していた。男から見ても魅力的だった。発言力も大きく、…（多分学級委員長よりも大きかったと思える）…いつも中心にいた。そして何より公平だった。噂や大勢に影響されなかった。だから信じられた。ついて行けると思った。いつだって、権力や、長いものに、不屈の闘志で向かって行った。そんなガスが死んだ。不屈の闘志が……。

（バカ野郎！なんでだァ⁉……いつだって、いつだって、……立ち向かって行ったじゃねぇかよォー！）

病院の職員を総動員して捜索が行なわれたが、いつになっても吉報は聞けなかった。ヒロシは核弾頭を積んだミサイルと同じだ。野放しにする事は、甚大な被害を……。

その頃ヒロシは、渋谷のサウナの地下駐車場にいた。藤堂のベンツの陰に腰を下ろし、荒い息で、ナイフを握りしめていた。

スキンヘッドの藤堂が四人の若い男達を引き連れ、自動ドアから出て来た。

ヒロシが息を飲み込んだ。藤堂は紅潮した頭で、肩にスーツを掛け、気楽な足取りで向かって来る。

ヒロシは決意と悲壮感ただよう目付きで立ち上がった。

「ガスー‼」と叫ぶと、ヒロシはナイフを腰に構えて、突進して行った。「ガスー‼」

スーツで払われた。

ナイフはカラカラと音を立てて転がった。

ヒロシはナイフに飛び付いた。振り返った。引き吊り、怯えた顔の藤堂が見えた。奥歯を噛み締め、再び突進しようと……。

その時、脇腹を刺された。ほぼ同時に背中もえぐられた。前からも………。

「ガスゥーー!!」

絶叫を残すと、ヒロシの体は沈んだ。

第二章　取り引き

1

大学の階段教室を豪華にしたような部屋を、初老の男がゆっくりと登って来る。備え付けのシートにいちいち手を着きながらゆっくりと登って来る。

少ない髪を撫でつけた頭、中学生が着るような真っ白なワイシャツ、それにグレーのズボンをはいている。そして眉間に皺を寄せた悩める顔には、いくつかのシミが浮いていた。

その後を銀縁メガネで黒いサマースーツをきっちり着込んだ四十代中盤に見える男と、もう一人、同じようなスーツの五十前後に見える後退した髪の男が、そのゆっくりした歩調に合わせてついて来る。

初老の男は全面ガラス張りの窓に辿り着くと、手摺にいままでの苦難と努力を物語るような大きく干からびた手を置いた。

42階、地上約190mから、一面に広がる新宿副都心を眺めた。そして右方向を指差し、「あのビルはどこのだったかな?」と、しわがれた声を出した。

「住友ビルです」

少し後ろに立っている銀縁メガネが、はっきりとした口調で答えた。

「何名働いているんだね？」

「ええと、確実な数字ではありませんが、２万人はいると思います」

「そうか。…ここは？」

「はい。第１本庁舎と第２を合わせて、７万人位だったと思います」

初老の男は目線を下に落とした。

もう一人の後退した髪の男が初老の男の肩に声を掛けた。

「もうこれ以上は無視できません。都知事、ご決断を！」

次の瞬間、初老の男の眼が、鷹のような光を放った。

「公安委員長と出納長、それから副知事を招集してくれ」

親愛なる墨田都知事殿

大島を見ていただけましたか、我々の要求が荒唐無稽なものでないことが分かっていただけたかと存じます。

次の標的は都心のどこかに決まりました。

これ以上の被害を出すことは都民、いや、国家の危機になるということを賢明な都知事殿なら、分かっていただけたかと存じます。

我々にとってもそれは本意ではありません。

今日が8月20日ですから、一週間猶予を与えましょう。8月26日までにテレビで発表してください。20億円を用意できたか、否かを……。

その際、墨田都知事本人がテレビ画面に登場することを切望します。

その内容に合わせ、こちらはエボラをばら撒くか、取り引き方法を連絡するかの選択に掛かります。

では、くれぐれもお体にはお気をつけてください。

ハミングバードより

知事室の並びにある特別会議室の大きなテーブルに、手紙は広げられていた。

知事の第一秘書の平沼慎太郎が、大島、中野での被害、そしてもし都心に発生したらというシミュレーションで、専門家の意見を発表した。菌の量、発生場所、対処などで、あらゆる事態が考えられ、コピーの量は百数十枚にのぼっていた。

例えば、菌の量を大島の2倍、東京駅の八重州地下街と想定した場合、隔離が完璧に行なわれれば、第4次世代以降の毒性は低下すると考えられるので、50〜300名の被害で沈静下できるが、隔離が不十分の場合には、同時進行的に日本各地からの発生が考えられ、予測不能な爆発的な人数になる可能性があるという事だった。

「この脅迫文の信憑性は？それともう一つ、読み返しますと、初めての手紙ではないように察しられますが……」と、白髪の交じった豊かな髭を蓄えた吉澤薫公安委員長が言った。

「申し訳ありません」

平沼第一秘書が頭を下げた。

「8月6日に来た最初の物は、悪戯と判断し、私の一存で捨てました」

そして、T・Sと書かれた茶封筒から小さな封筒を取り出した。

「これが二通目の手紙です」

手紙がまわされた。港区麹町郵便局8月14日の消印だった。ちょうど一週間前だ。テーブルの上の脅迫文と同じワープロ文字で書かれ、内容は、東京を全滅できるだけの量のエボラ・ウィルスと20億円を交換する。これは単なる脅しではない。このまま無視し、テレビでの発表が遅れると、後悔することになる。というような事が書かれていた。

「なるほど。大島でのエボラ感染が発表されたのが、18日ですから、それ以前にエボラを予見してたということは、単なる悪戯とは片付けられませんね」と、吉澤公安委員長が渋い表情を作った。

「しかし被害予測が漠然としすぎてるし、如何せん情報が少なすぎる。協議になりませんな」と、河野隆出納長が浅黒い顔をしかめた。

「一人以上の被害者が出るという点では一致してます」と、恰幅のいい小牟田祥副知事がまわりを見回した。「今の時点ではこの手紙を知っているのは、我々だけでしょう。何も講じないで再発が起これば、黙認したと言われてもしようがないと思いますが」

「何を講じるというんですか。要求通り、テレビで20億円用意できたと言うんですか？ そんなことをすれば、ただでさえ動揺してる都民の恐怖を煽るだけだ」と、河野出納長。

「そうです。それだけではない、日本は脅迫に対して断固たる対処ができてないと言われ続けている、それこそ世界の笑いものだ」と、吉澤公安委員長。

「どうです？」

もう一人の副知事　島崎文昭が公安委員長に眼を向けた。

「内密に犯人との接触は出来ませんか？」

「今の時点では無理としか答えようがありませんな。…今初めて人為的な感染と知ったのですよ。

それに手掛かりはこの脅迫状だけで、未だに感染源も分かってないそうじゃありませんか」

「では、どうしろと！」

小牟田副知事が大声を出して立ち上がった。

「無視もできない。要求も飲めないでは、…再犯を指をくわえて待つということですか！」

しばらく沈黙が続いた。

それを破ったのは、いままで黙っていた墨田知弘都知事だった。

「河野出納長、20億円を捻出するとしたら、どういう経費からになりますか？」

「はい。使途が特定されずとも使用できる、地方税と地方譲与税、地方交付税からなる一般財源から出すしかないと思いますが、如何せん金額が大き過ぎます。しかし、国庫補助金や地方債の一部を使うとなると、詳しい使途の説明が国に必要になってきます」

「ありがとう。…最終的にはこの問題は、国に預けようと思っています。みなさんにお集まりいただいたのは、都としての統一見解を出しておきたかったからです」

2

上着を手に掛け、小さなペーパーを見つめる国友のこめかみには幾筋かの汗の川が流れている。

警察に聞いた住所を頼りに、足を使って探しているのだ。

薄汚く細長い5階建の雑居ビルに辿り着いた。1階にフィリピン・パブ・愛々という店があり、2階はローン金融・黒金、3階には黒金事務所という看板がある。

ヒロシの行方はもう29時間知れなかった。考えられる全ての立ち回り先を病院関係者、保健所員などの助けを借り、手分けして当たったたが見た者も現われなかった。藁をも掴む気持ちで、ガスのダイイング・メッセージ（※死際の伝言）から黒金組の藤堂若頭に狙いを定め、当たってみる事にしたのだ。

階段を踏み締めるようにゆっくり登った。2階と3階の中間まで来た所だった。三人の男が飛び出て来た。その剣幕に気おされ、壁に背を預けた。男たちは国友を囲むように立った。

「何だてめえは‼」と、正面に立ったサングラスが威圧するような声を出した。

国友は天井に設置されている黒い目に気付いた。ビデオカメラだろう。おそらく階段の利用者を見張っていて、不審な人物、他の組の襲撃などにそなえているのだろう。

「……ちょっとお尋ねしたいのですが？」と国友が言うと、サングラスは首を斜に構え、

「ここがどこだか知ってんのか！ヨォー！」と、噛みつきそうな声を出した。

国友は背を壁に預けたまま、一回首を縦に振った。

「藤堂若頭さんにお会いしたいのですが？」

「おめえ、どこのもんだ?」

国立伝染病センターの名刺を出した。

「フーン。お役人さんが、何のようだい?」

「藤堂さんにお聞きしたいことがありまして」

「だから、何だと、聞いてんダヨ!」

「中道弘という青年を捜してるんですが?」

「知ってっか?」と、サングラスは後ろを振り返った。

「知りやせんね」と、後ろの二人は声を揃えた。

「ほらね。帰った、けえった。こちとら忙しんだ」

「実は、藤堂さんがエボラ・ウィルスに感染してる可能性があるんです」と国友は嘘っ八を言った。もちろんガスと藤堂が接触を持っているのなら、その可能性は多大にある。

サングラスは一瞬口ごもったが、「何くっちゃべってんのか知らねえが、うちには藤堂も中道って奴もいねえんだよ」

首を傾げた。藤堂が居ないというのは、解せなかった。——嘘だろう。警察から情報はもらっている。——話しにならないと思った。

その時、天井から、低い男の声が響いた。

「上がっていただきなさい」

どこかに隠しマイクがあるのだろう。ヤクザの近代化にも驚いた。

怖々黒金組事務所と書かれたドアをくぐった。命知らずの顔が6、7個あり、こちらを一様に訝しげに見ている。入ってすぐの応接セットを勧められた。

奥から、意外にもインテリそうなオールバックの銀縁メガネと、三十歳位のスタイルの良いあでやかな女が出てきた。身長は女の方が少し高いと思われた。

「馳の兄貴」と、若い組員が仰ぎ見た。

馳という男は国友の前に腰を下ろすと、ラークマイルドをくわえた。横に座った女がすかさず火をつけた。馳はゆっくり紫煙を吐くと、国友を真っ直ぐ見つめてきた。鋭い眼と頬の刀傷が凄みを作っていた。が、顔立ち自体は女装しても映えそうなほど端整に見えた。

「はて、何のご用でしたっけ？」

馳はよく透る声を出した。

「藤堂若頭さんにお会いしたいのですが？」

「藤堂は、ここ何日か留守にしてます。藤堂のいないあいだは、私が責任者です」

「えっ⁉　では、藤堂さんは今どちらに？」

「さぁ、そこまでは？…私は付き人ではありませんからな」と、笑った。まわりからも笑いが起こった。そして中道弘の居所も、同様に笑い飛ばされていた。

——もうカードは使い果たしていた。

「ご用はお済みのようですね。麗子、お送りしてさしあげなさい」

麗子という女は赤いタイトスカートから太ももをひけらかすようにして立ち上がった。国友は、上がったヒップの後ろに仕方なく続いた。

階段を下り切ると麗子は、「素人さんがこんな所に来るもんじゃないわよ」と、意外に優しい表情で言った。

国友は区立中野中央病院に戻り、例の赤い髪の女から移されたと思われる新しい男の患者を診てから、新宿区戸山のセンターに帰った。

特殊疫病科に行くと、強制的に採血と採尿、スチーム・シャワーを浴びせられた。そして用意してあった下着とバスロープを着せられた。携帯品はエチレン・オキサイド・ガス、または高圧蒸気滅菌器（オートクレープ）で滅菌されてから渡された。そして連行されるように、宿がわりの個室の病室に案内され、押し込められた。まるで囚人のような扱いだった。

萌と二階堂は既に並びの病室に入っていた。国友の部屋で会議をした。

サバのそぼろの検査結果は出ていた。運よく残っていた物をウィルス科が調べてくれていたのだ。結果は、シロだった。汚染されていた物は、既に患者の腹の中に処分された後だったとも考えられるが、今となっては推測の域を出ない。かといって新しい感染源は検討し尽くされた後で、頭を寄せ集めても何も出てこなかった。

次に、萌と二階堂に区立中野中央病院の対処状態を聞いた。エレベーターの終点を4階にセットし、エボラ患者のいる5階は選ばれた人しか入れないなどの処置をして隔離した。一般病棟の患者は徐々に他の病院に移している。そして区立病院に通じる道は全て交通閉鎖を要請し、遂行出来たという事だった。

国友は労をねぎらう言葉を言うと、明日の仕事を指図した。

映像だけを流していたテレビが、佐々木局長や細沼チーフの奮闘ぶりを映し出した。ボリュームを上げた。大島は半島を完全に交通閉鎖し、それが功を奏したようで、新しい感染者は出ていないという事だった。

——楽観は出来ないが、19人を巻き込んだ後は、沈静化に向かっているようだった。

画面は変わり、空からの区立中野中央病院の映像になった。感染者の状態、人数などが報告された後、萌のアップが現われた。彼女は悲鳴を上げた後、もっとちゃんとお化粧しとけば良かったと、ため息をついた。

ニュースは変わり、ドラッグストアに列をなす人々が映り、マスクが品薄状態という事だった。

次に政府の経済対策にも呼応しなかった株式市場が、皮肉にもエボラ効果で薬品株を中心に上がり始めたと報じた。特に薬を持っているシモンズ・住吉製薬はストップ高という事だった。

テレビ画面は墨田川に切り変わった。はじめ江東区北砂の材木置場にスーツ姿の男性の水死体が発見され、駆けつけた警察官達の手によって次々に計6人の死体が引き上げられたというような内容だった。分かっている4人の名前がテロップで流れた。

「えっ⁉」

国友は思わず声を上げていた。4人は全て今日行った黒金組の暴力団員で、その中に藤堂の名前も含まれていたのだ。


5人の男は機関銃かそれに類する物で、蜂の巣のように撃ち抜かれていた。5人全部で100発以上被弾していた。もう1人、正体の判明しない二十代中盤にみえる男は刺殺されていた。原因は今のところ暴力団同士の抗争の結果では？という見解だった。

（藤堂が、…どういうことだ⁉）

解散を告げると、国友はトイレに立った。

戻ると、萌がスマホを差し出した。

「奥様です」

「おっ　ありがとう」と受け取ると、ベッドをまわり、窓際に進んだ。

「あなた、なぜあなたの携帯電話を女の人が持ってるの?」

「あぁ、ちょっとトイレに立ったところだったからね」

「嘘!?　シャワーと言ってたわよ!」

萌を見た。舌を出している。

「何故こんな遅くに二人で?」

「二人だけじゃないよ」と国友は萌に声を掛けた。「萌くん、二階堂くんは?」

「さぁー知らないわ」萌はテーブルに両肘を着き、楽しそうに笑っている。

「萌さんと?……」

「ほらっ正月に遊びに来ただろう。私の部下だよ」

喜美子はそんな事は知っていた。でも何故こんなに遅くに萌と二人で、しかもシャワーを……?

正月に来た時、萌の何気ない所作から、敏感に女としての敵対心を感じ取っていた。あんな品の無い子敵じゃないわと心の中で毒づいたが、正直、時折見せる輝くような表情と若さにはかなわないと、克服できない敗北感を感じていた。

「で、何のようなんだ?」

「昌平が熱を出したの。どうしたらいいの?」

国友には今年小学に入学した昌平と、5歳の千絵がいた。

「何度なんだ」

「37度8分よ」

「いつからだ」

「今晩からよ」

「じゃ心配ない。夏風邪だろ。ほっとけば直るよ」

「あなたは他人の事ばかりで、自分の息子が心配じゃないの？」

「いいかい、よく聞きなさい。風邪の菌は熱に弱いんだ。人間の脳も弱いが、それは40度以上の熱が数日間続いた場合だ。だから私はほっとくのが一番いい治療だと正直思ってる」

「よく分かったわ！あなたはこんなに側に居るのに自分の息子の往診も出来ないのね」

「それは……」

「お取り込み中、失礼します。至急のお電話です」

萌はベッドに倒れ込んだ体勢のまま、コードレスホンを差し出した。バスローブから覗く胸の谷間が挑発的だった。

「お電話代わりました。国友です」

「区立病院の黒川です」

「お世話になっております」

「ご存じですか？隅田川で6人の男の死体が上がったことを」

「はい。先程テレビで見ました」

「その中の一人、素性の分かってない二十代の青年が、逃亡した中道弘くんに見えましたので、警察に問い合わせると、特徴がそっくりなのです」

国友は中道弘を見ていなかったので、もちろん気付かなかった。——でも何故、黒金組と共に……？

「私は至急、江東区の死体公示所（モルグ）に行ってみます。黒川先生も向かってもらえますか？」

「はい。じつは今そこに移動中なのです」

「ご苦労様です。ではのちほど」

「ごめん。緊急の用事が入った。また連絡する」

国友はコードレスホンを切ると、スマホを取った。

「いつ帰れるの？」

「ごめん。それも分からない」

「チーフ！　服を持って来ました」

萌がどこからか工面してきてくれたようだった。

「オッ、ごくろう」

「ほんと、お忙しそうね。服を着る時間もないくらいですものね」

「くだらない話に付き合ってる暇はない。切るよ」

電話を切った。ベッドを見ると、靴下から防御服まできれいに揃えてあった。

対処した警官や監察医の感染が心配だった。死体公示所に連絡し、我々が到着するまで解剖、検査類を全て中止するよう伝えた。


喜美子の生家は新潟の江戸時代から続く格式のある旅館だった。国友が阿賀野川流域に発生した〝つつが虫病〟の調査のため長期滞在した時に恋の芽が生まれた。その後も上信越方面で学会がある時は必ず常宿に選んだ。

喜美子は国友のスマートな容姿も好きだったが、優しさの中に覗く男らしさに真の男を感じ、約束もないまま、（※お見合いも断り）5年間待ち続けた。そして突然白馬の騎士が迎えに来た。その時は喜美子の眼には白馬の騎士に映った。そして結婚して8年になるが、いまだにほのかな恋を持ち続けている。国友からも愛を感じられていた。

しかし一年程前から出張や泊まり込みが増え、月の半分も帰って来なかった。伝染病の増加で仕事が増えているのは分かるが、寂しさはどうしようもなかった。（※…子供に手が掛からなくなった事もあるのだろうが）。そして半年前から愛されていなかった。キスもなかった。2ケ月前思い切って自分から求めると、「誤ってエイズ患者の血液に触れてる。抗体ができるのは個人差があるが、遅い人だと9週間はかかる。それまでは検査をしても分からない。自分はしようがないが、君まで感染させる訳にはいかない」と、国友は沈痛な面持ちで言った。

「あなたがいなくなるなら、私も生きてけないわ」

「馬鹿！千絵と昌平はどうするんだ！親の無い子にしてもいいのか」

その晩は国友の胸の中で泣いた。――99％は信じているが、残りの1％が喜美子を苦しめる時がある。本当の理由は外に女が出来たのではと？

一度、喜美子が35歳の誕生日にプレゼントした腕時計を国友が失くして来た事があった。尋ねると、申し訳ない。どうしても思い出せないという事だった。その翌日、赤坂のバーのママから、忘れ物を預かってますので取りに来てくださいという電話があり、訪ねると、ケバケバしい化粧をした女が、例の腕時計を渡してくれた。　国友の説明だと、医局の打ち上げで行ったという事だった。萌からの電話もしばしばあった。仕事の用だとは知っているが、毎日会っているのに何故、用が足りないのだと思った。くだらない事でも女の影を感じると、もしかしたらという不安に襲われ、居ても立ってもいられなくなる事がある。最近はたまに帰って来ても、愚痴っぽく、つらく当たってしまう事がしばしばだった。その度に後悔したが、顔を見ると、自然とそう振る舞ってしまう。

冷静になって考えてみると、自分だけに注目してもらいたい、かまってもらいたい、母ではなく女として見て……などと二人の子を持ちながら情けないが、子供のような心理が一部で働いているのが分かる。自己嫌悪から自分を破壊してしまいたくなるような心境に陥る事もあった。

寝息を立てている昌平の頭を氷で冷やしながらも、先程の電話の内容が繰り返し頭の中で反復した。

(くだらない話に付き合ってる暇はない。切るよ)

(くだらない話に……。くだらない話に……)


国友班は大型貨物ヘリで死体公示所の庭に到着した。

黒川医師はすでに来ていた。

間違いなく中道弘という事だった。

彼と接触のあった人たちの接触者追跡調査(コンタクトトレーシング)を始めた。

対処した警官達と第一発見者、観察医とその助手達に連絡をつけた。一人ひとりに接触頻度を質問し、場合によっては家族にも、ここか、センターの内、近い方に行ってもらうようお願いした。連絡がつかなかったり、来られない人は手分けして救急車でまわった。

そして施設の消毒を終え、粘液採取や採血だけで良いと判断した人は残し、疑感染者達とヒロシの死体を貨物ヘリでセンターに運び終わった時には、熱帯夜はしらじらと明けていた。

3

国会議事堂の特別会議室に日本を代表するそうそうたるメンバーが並んでいた。

左から順に公安委員長、警視総監、防衛庁長官、防衛庁参事官、財務大臣、東京都知事、副総理、厚生労働大臣、官房長官、最後に総理大臣である。

墨田知弘東京都知事から議題とその説明、都の見解などが発表された。途中何度もそうそうたるメンバー達の驚嘆の声やざわめきで話は中断した。

次は沖津一三厚生労働大臣の紹介で、意外にも国立伝染病センター長の浅野茂と、佐々木徹局長が現われた。二人は蒼白な顔で説明を始めた。エボラ・ウィルスの性質、対処方、被害状況、今後の予測、そして都心にばら撒かれたと仮想した被害などを、約一時間に渡って説明した。

その後、様々な質問が飛び交った。致死率の質問では、「菌の株によって変動しますが、50%から90%です」と、浅野が答えると、驚きの声が会場を震撼させた。

議題に移ると、熱い議論が交わされ、しばしば議題から脱線した。その度に議長役の岩崎進官房長官が修正した。各省に帰って検討したいという意見が多かったが、都知事が急を要する旨を伝えた。大体意見が出揃ったところで、岩崎官房長官が塚本和宏総理に総括意見を求めた。

総理がゆっくりと立ち上がった。ざわざわとしていた場内は水を打ったように静まっていった。

「ことは東京都だけの問題ではないということではみなさん共通していました。このままこれを見過ごすことは第二、第三の類似した事件を誘因する元凶にもなるということも共通した見解でした。日本は世界に冠たる法治国家であります。今回の事件は謙虚に、それを根底から揺るがす問題だと認識すべきだと思います。法に基づき国家権力を行使することを大儀としたい。よって今回は、警察と自衛隊とで手を結び、善処してもらいたい」

拍手が湧き起こった。警察庁と警視庁、それに防衛庁は各々での対処を主張していたので、複雑な表情だったが、柏手の渦に飲み込まれていった。

――――自衛隊は、自衛隊法第78条により内閣総理大臣の命により出動できる。（※この場合、命令から20日以内に国会の承認が必要）――――

8月26日、夜9時のNHKニュースが始まった。

エボラ出血熱の状況。今日発生した事件、事故などが駆け足するように紹介された。

男性アナウンサーが、「今日の特集は都合により中止とさせていただきます。変わって墨田東京都知事から重大なメッセージが発表されます」と少し緊張気味に言った。

特別報道番組というテロップが流れた。

ダーク・グレーのスーツにサイケプリントの派手なネクタイをした初老の男が登場した。

彼は柔和な表情でカメラに笑みを投げ、「皆様こんばんは。都知事の墨田です。まず貴重な公共の電波を提供いただいたNHKに感謝したい。そして皆様にはこれから述べることに対して、事実だけを客観的に冷静に受け止めることをお願いしたい」と、挨拶が終わると、厳しい顔に豹変した。

「我々は国民の皆様に包み隠さず事実をお伝えすると、当然と言えば当然の選択に達しました。これは私に宛てられた、ひいては皆様に宛てられた脅迫文であります。まずこれを読み上げることにいたします。大島を見ていただけましたか、我々の要求が荒唐無稽なものでないことが分かっていただけたかと存じます。次の標的は都心のどこかに決まりました。これ以上の被害を出すことは都民、いや、国家の危機になるということを聡明な都知事殿なら、分かっていただけたかと存じます。今日が8月20日ですから、一週間猶予を与えましょう。8月26日までにテレビで発表してください。20億円を用意できたか、否かを……。その際、都知事本人がテレビ画面に登場することを切望します。その内容に合わせ、こちらはエボラをばら撒くか、取り引き方法を連絡するかの選択に掛かります。ハミングバードより」

知事はそこで顔を上げた。表情は厳しいままだった。

「以上が脅迫文の全容です。つまりです。くれぐれも冷静にお聞きください。今回のエボラ感染はハミングバードというグループによっての人為的なものという可能性が高いのです」

知事は一回大きく息を吐くと、カメラを食い入るように見つめた。

「ハミングバードさん！今ならまだ間に合います。情状酌量の余地はあります。これ以上の罪を重ねるのはやめてください。国民を代表してお願い致します。あなたたちの行なおうとしている事は日本国に対する宣戦布告と同等です。エボラウィルスという細菌兵器で都民、いいえ、日本国民全体を脅威に陥れているのです。国を相手に喧嘩をして勝てるつもりなのですか！ 20億円はなんとか用意できました。国民の皆様の貴重な税金を使ってです。あなた方も日本国民なら、同じ日本国民をこれ以上苦しめるのはやめてください。熟考をお願いします」

カメラが引いて、全体が現れた。アナウンサーが脅迫状を転記したボードを指差した。それがアップに変わった。再びカメラが引いた。知事は消え、別の男がそこに座っていた。

「次は国立伝染病センターの特殊疫病科医局長の佐々木徹博士からの諸注意をお聞きください」

佐々木局長が話し始めた。

「みなさん、闇雲にエボラを恐れるのはやめてください。エボラより怖いのは皆さんの暴走と暴動なのです。相手をよく知り、冷静に対処することが、今は一番たいせつなことなのです。まず初めに、エボラ・ウィルスは飛散しにくい姿をしていますので、空気感染はしないと考えられます。近くにエボラ患者が居ても、血液や体液、排泄物に接触しなければ、感染することはありません。但し、２m以上は離れるべきと考えられます」

ボードがアップになり、画面が箇所書きでいっぱいになった。

「①として、エボラは熱に弱い。80度10分の加熱で死滅します。ですから今からは食物や水に一度熱を通してから召し上がるようお願いします。

②消毒には、通常の石鹸も効果があります。帰宅時には必ず手洗いをお願い致します。またエタノール、エタノールジェルも効果があり、靴底などの消毒に活用して……………」

色々な諸注意が続けられた。局長はＳＡＲＳ（サーズ）や狂牛病などのウィルス関連番組に何度か出演した経験を持っているので落ち着いたものだった。

最後に、「いままで隔離によって沈静化されなかった例はありません！」という力強い言葉で締め括られた。

この日のニュース番組は例外なく高視聴率を取った。特にテレビ朝日の22時からのニュースでは40％を越える数字を弾き出した。

翌日からのマスコミはエボラ一色になった。欧米諸国からも多大な関心が寄せられた。

東京や新宿、上野などの主要駅、羽田、成田空港などでは東京から脱出する人々で混雑を極め、方々で小競り合いなどが多発した。

——恐れていた事態に発展しつつあった。

4

親愛なる墨田都知事殿
あなたの賢明なご選択に、こちらも満足しております。

さっそく取り引き方法なのですが、9月7日、午前10時に3億円をリュックに詰め、都庁第一本庁舎からホテル・センチュリー・ハイアット側の出口を出発してください。手始めは3億円からです。

いくつか要求と注意事項がありますので上げさせていただきます。

まずは6日の21時のニュースで、3億円をリュックに詰める模様を放映してください。その際、通し番号の揃っていない古札を使用し、何も包まず百万円の束を直接リュックに入れてください。

そしてもちろん蛍光インクなどで印しをつけないようにしてください。

リュックの運び手はこちらで指名させていただきます。

それは東京都庁第一本庁舎13Fの総務局に勤めるチャーミングな田川聖子嬢にお願いいたします。彼女にはスマホを持たせてください。局番は010にしてください。そして次の4桁と下4桁は、1を2、2を3と書き、3桁の足算で表現し、ニュースの際、テロップで流してください。例えば、7777・926・453などと、……。

これは足すと2156ですが、こちらは1823と判断いたします。今後の連絡はこの電話にすべていたします。

これほど騒ぎが大きくなって、マスコミを遮断するのは酷ですので、以下の方たちだけは同行を許可いたします。

NHKと民放各社を取り混ぜて選んでみました。カメラは神田秀雄氏、マイクは柴崎均氏、キャスターは小川千賀さんを指名させていただきたいと思います。

それ以外の同行は謹んでお断りいたします。スタッフのメンバー変更もご勘弁願います。そしてスタッフたちは聖子嬢の手助けや、電話の内容などを問わないことを約束いただきたいと存じます。

尚、警察の追跡や介入が認められた場合は、申し上げるまでもございません。

思い掛けず長文になってしまいました。最後に、都知事、なかなか素敵なネクタイでしたよ。

ではこれにて失礼いたします。

ハミングバードより

脅迫文を公開した事で、いくつかの偽物が届いたが、ワープロ文字を鑑定した結果と、慇懃だがどこかおちょくっている特徴のある文体からこれが本物と断定された。

脅迫文は様々な角度から分析された。

まず何故、出発地点が都庁舎のセンチュリー・ハイアット出口なのか？すぐ目に付くのは近くに新宿中央公園がある事だ。ここで取り引きする考えなのか？しかしいくら報道の同行を許しているといっても、沢山の目が考えられる場所だ。エボラという切り札を持っている限り、捕らえられないと高を括っているのだろうか。しかしながらその場で逮捕されなくとも、尾行を許し、アジトを発見される恐れが出てくる。

それとも青梅街道に出るのか？東口の混雑の中に紛れるのか？新宿駅に行き、ＪＲの中央線か山手線、埼京線、または私鉄の京王線、小田急線、西武線、地下鉄の丸ノ内線などのどれかを利用するのか？この時点では絞り切れなかった。

次は何故、普段接客をしない総務局の田川聖子や、表に出ない地味なテレビスタッフの名前を知っているのか？――田川聖子の場合は、近しい人（都庁職員、交遊関係）、個人的な怨恨がまず浮かぶ。それとも一年半前まで1Fの総合案内センターの受付嬢をしていた。そのとき名札を見たのだろうか。しかしそうなると、最低一年半前から計画を練っていた事になる。いずれにしても容貌にまで触れている事から、面識のある人物ということがうかがえる。

それらを踏まえてテレビの関係者を考慮していかねばならない。例えば、都庁に勤めていて関係者を友人に持つ者、その逆。それとも共通した出入り業者。あるいは単に業界誌でも入手し、調べたのだろうか？

今の時点では漠然としていたが、かなり有力な手掛かりといえる。手始めに名前の上げられた本人、そして交遊関係に絞って捜査が行われる事になった。

そして何故、20億円ではなく、3億なのか？

これは女性に運搬させるのに、3億でも約30kgになるのに、それ以上は無理だと判断した結果、という見解が大勢を占めた。

しかし、このオペレーションに配属された本庁付き捜査一課の羽川智久刑事は、犯人が奪ってから運ぶのに大きさと重さが適当なのではないかと推理した。つまりドローンとか、ヘリウム風船、凧などを……使うのではないかと。それとも……!?

まぁ、いずれにしても尋常な手ではこないだろうと思った。テレビで脅迫状の返事をさせたり、取り引きにマスコミを同行させようとしていること事態尋常ではないからだ。まったく日本の警察を舐め切った大胆不敵な連中だと思った。それともそれだけの規模と装備を持っているのか。

対策本部では通常では入手できないエボラ・ウィルスを、どこで、如何にして手中にしたのかという懐疑が、当然協議されていた。

生物学的製剤の研究や製造は、厚生省令第3号によって厳しく管理されている。例えば、容器ごとに微生物の株の名称及び附された番号を記載し、継代培養の状況（※但しエボラは人工培養できない）、譲受年月日並びに譲受の相手方の氏名及び住所（法人にあっては、名称及び所在地）などを記録した帳簿を備え、それを5年間保存しなければならない。さらには紛失、破損による廃棄なども厚生労働省への申告が必要になってくる。

日本でエボラ・ウィルスの所有を許可されているのは東大、阪大、筑波大、国立伝染病センターなどの公的研究機関と、病原微生物の物理的封じ込めの設備（完全密閉室）を有しているいくつかの民間企業だけだった。全部で19あった。それらの施設に対して厚生労働省の査察官と対策本部の刑事が協力し、既に立ち入り調査が行われていたが、不思議な事にどこの施設からも盗難や紛失、不備は見られなかった。

——では何故？海外から持ち込んだのか？それとも……？

この件に関しては、再度の調査が言い渡された。

そして犯人は犯罪捜査にかなり精通していると思われた。紙幣にマークし、特殊な光りで輝く蛍光インクの存在などを知っている事などからだ。単なる推理小説マニアという事もあるだろうが、退職警官や警察関係者の線も考慮にいれる事になった。

さらにそれらとは別に、第一感染者ともくされる須賀政善のダイイング・メッセージや、須賀のアパートの隣人の証言、中道弘と黒金組々員が一緒に死体で発見された事などから、極誠会系暴力団黒金組とハミングバードの関係が濃厚という見方がされた。それに関しては内々に捜査が始まっていた。

羽川刑事は別の角度から推理を始めた。それは脅迫文のヒントは、3億という事と、何も包まず百万円の束を直接リュックに入れよ、と指摘している点だと考えた。なぜ裸の札束を入れる必要があるのか?犯人はリュックを受け取ってそれをそのまま持ち運ぶ事はしないだろう。リュックの色や形はテレビによって周知の事実になるだろうからだ。持ち歩く事は自分を犯人と言っているのと同等だ。しかし受け取って直ぐ、小さなバッグに入れ替えるのなら、札束を初めからバッグの数に小分けさせておくほうがスムーズに敏速に移せる。そしてリュックのまま大きなバッグや車のトランクに突っ込むのなら、こんな指示をわざわざ持ち出す必要はない。では、リュックの色をカラースプレーかなにかで変えてしまう。——手間と時間がかかり、中の札の色まで変えてしまう可能性もある。

常識的には裸で直接リュックに入れよという指摘は不合理に思えた。

それでは、こういう余分な事を考えさせ、混乱におとしめる為か?——文章だけを見ても、論理的で頭の切れる犯人という事は分かる。敵を持ち上げる気はさらさらないが、この犯人が混乱を狙ったならば、もっと効果的な文を使うだろう。例えば防水の生地、または耐火性の生地を使えとか、出発場所を空港とか港に……だ。——脅迫文は論理的に必要最小限しか記載されてないと思える。つまり裸で入れる事に必然があるのだ。

裸で入れるメリットを考えてみた。
①リュックの形を自由に変えやすいので、大きな楽器のケースなどに直接入れる場合、首の部分やくびれに合わせ易い。
②複雑な形状の容器、または沢山の小さな容器に入れる場合、リュックから出した裸の札束を詰める方が隙間なくできる。
①の場合は、場所に制約がでる。例えば札を詰めたコントラバス(ダブル・ベース)などの楽器ケースや、ゴルフのキャリーバッグなどを関係ない場所で持ち歩いていたら非常に目立つ。そ

して肝心な事に、移動に不便だ。

②の場合はより奇をてらえるが、人海戦術が必要になってくるように思える。例えば、どこにでもあるようなショルダーバッグやセカンドバッグ、デパートなどの紙袋やケーキの箱などに裸の札束を詰めて運ぶ。あるいはスーツやジャケットの裏地に沢山のポケットを作る。サラシのような物に詰め込み腹に巻く。などなどが思い浮かぶが、3億円の体積を考えると、最低十数人の人間が必要となってくるだろう。

羽川は以上のような事をレポートにまとめ、まだ結論には達していないがここに着眼すべきだと会議の席で発表した。

しかし真面目に取り上げてもらえなかった。ただ相棒の相沢信治刑事と小林直道管理官だけは興味を示してくれ、相沢と二人で独自に行動する許可を、管理官から貰う事ができた。

脅迫文の公表して支障のない部分は公開された。名前の上げられた田川聖子やテレビスタッフは時の人に祭り上げられ、様々なマスメディアを賑わした。田川聖子はまわりの目と仕事の滞りを気にし、美しい顔が曇りがちだった。スタッフ達も毎日何度も同じような質問をされ、疲弊気味だった。

そしてそれなりの顔と肩書きを持った人達が身勝手な金の受け取り方法をワイドショーやニュ

ースで推理するのが見受けられた。それが巷に広がり、一つのブームのようになっていった。人が集まると、決まっておもしろ半分に推理の交換がなされた。

その間も東京を発つ人は後を絶たず、一部の企業では仕事に支障をきたす処も出てきた。教師に逃げられ、授業にならなくなった学校も現われた。

東京はエボラの脅威と、マスコミの様々な思惑を秘めた暗躍によって、混乱に叩き込まれつつあった。

5

650人収容できる警視庁の大会議場が満杯になっている。

大きなスクリーンの前の壇上には、公安委員長、警視総監、警視監、警視正、防衛庁長官、政務次官、参事官、それに陸、海、航からの幕僚長が座している。

ホールから続く階段式の椅子には、左の列から順に、陸上自衛隊の特科連隊（※日本のグリーンベレーと呼ばれている）十二村（とにむら）師団。次は海上自衛隊から横須賀司令部の第一護衛隊群の精鋭、航空自衛隊からは自衛隊唯一の航空偵察部隊を持つ首里基地の第501飛行隊と偵察装備隊、写真技術隊の3隊。そして警視庁からSP（セキュリティー・ポリス）の選び抜かれた48名。最後の2列を埋めているのは本庁の捜査一課の精鋭160名という、他の国々が見たら臨戦態勢を用意してしまいそうな面々が一堂に会していた。

敵に見つからず追跡し、エボラを奪い取る。場合によっては殺傷も止むを得ないという至上命令で集められた、サイレントイーグルと名付けられたオペレーションが、過去に例のなかった面々によって練られた。

9月2日早朝、オペレーション・サイレントイーグルの一環として、警察は遂に大きな動きをみせた。夜明けと共に黒金組事務所に捜査員90名が雪崩れ込んだ。

名目は、一階のフィリピン・パブで行なわれていた売春斡旋と、覚醒剤売買の容疑である。大麻3kgと覚醒剤15kg、それとロシア、アメリカ製拳銃など90丁が押収された。

戦争の準備をしていたような物々しさだった。それと須賀と中道の5百万円の借用書が出てきた。組長の黒金勝太郎ほか数名の幹部が検挙された。駆新若頭は不在だった。――その後も引き続き、駆の捜索は行なわれた。

執拗な取り調べが続いたが、ハミングバードとの関連は出てこなかった。2台あったワープロの鑑定もシロだった。そしてエボラも発見できなかった。

その日の夜8時、田端の閑静な住宅街をテレビ局の中継車が取り巻いていた。数台のパトカーがそれを一掃した。その後を黒いリムジンがスーと入ってきた。中からまだ若い小柄な男が降り立った。男は濃紺のスリーピースで眼鏡と口髭を付けていた。彼を囲むように三人の大男が脇に立った。

今その男達は小さな応接間にいる。前に和服の五十歳位の男と、同年輩の女、その横の折りたたみ椅子に二十歳を少し過ぎた位の整った容貌の女がいる。女は沈鬱な表情を通していたが、いったん笑えば、まばゆい美しさを振り撒くに違いないと思えた。

突然、小柄な男が立ち上がった。そして上着とベストを脱いだ。ベルトに手が掛かった。ズボンを下ろし始めた。中からミニスカートが現われた。

和服の男が目を見開いた以外は、誰も何の反応も見せなかった。

小柄な男はなおも脱ぎ続け、ネクタイとワイシャツも取った。そして髭と眼鏡、かつらを取り去った。束ねてあった長い髪が、光をふりまきながら舞い降りた。

ここまで来てやっと、いくつかの感嘆の声が上がった。

小柄な男は、可憐な乙女に変身していた。しかも前に座っている美しい女性と瓜二つに………。洋服が違うだけで、ヘアースタイルも背格好も顔かたちもそっくりだった。

女は田川聖子だった。そして変身を遂げた女は、全国から選び抜かれた婦警だった。集められた膨大な量の写真と身上書を秤にかけ、別にAIによっても選考され、田川聖子に酷似している婦警が選ばれた。彼女は聖子の身代わり役の任務を命じられてきたのだ。

田川聖子の父は中学の教頭をしている。そして敬虔なクリスチャンだった。聖子自身も大学までミッション系の学校で学んだ。学生時代までは日曜は家族で礼拝に参加するのが習慣だった。幼い頃から、〈自分の事は自分でする〉〈他人に迷惑を掛けるな〉〈人は騙せても、神は見ている〉という教育をされてきた。

警察の執拗な説得が続いたが、聖子は首を縦に振らなかった。

「これは非常に危険な任務だ。素人には荷が重過ぎます。訓練を受けたプロに任せてください」

「逃げてはいけない事があると思うんです。危険だからこそ、自分でする必要があると思うんです」

「君の態度は非常にりっぱだが、捜査にも支障がでる。ここは譲ってもらいたいな」

「もし犯人が身代わりを見破ったとしたら、……私は一生後悔しなくてはなりません」

「それは心配いりませんよ。君の喋り方から癖まで研究し、熟知するまで訓練しますから」

「あと正味4日しかないのに、そんなことが可能なのでしょうか?」

「…こちらはプロです。君の協力が得られれば、大丈夫ですよ」と、刑事が言った。それはまるでキャビンアテンダントが、これから胴体着陸をしますが、少しもご心配はいらないですよ、と言っているニュアンスに聞こえた。

「私も何日か悩み抜きました。でも何故、東京に限ったとしても、一千二百万人の中から選ばれたのかを考えると、単なる偶然とは思えないのです。…」聖子は口に出すことははばかったが、心の中で続けた。（……これは神のご意志なのです）

「娘の身に何が起ころうとも、私たちの覚悟はできてます」と、父は言うと、刑事から視線を外し、母に穏やかな笑みを送った。母は視線を落として鼻をすすり始めた。

「これが娘の運命なのです。他の人に迷惑は掛けられません」

「ですが、…」

「これは私に与えられた試練だと思ってます」

聖子は刑事の言葉をさえぎり、キリッとした眼で強く言った。

9月6日、夜9時のNHKニュースで田川聖子と墨田都知事はスタジオに立っていた。注文通り、番号の揃っていない古札ということを提示すると、一緒に百万円の束を数えながら、リュックに詰めていった。青いリュックは徐々に膨らんでいった。それが終わると、指名を受けたスタッフは勢揃いし、一人ひとり心境と決意を述べていった。

その間、画面の下には957・823・7＊＊というテロップが映っていた。次の瞬間に数字が変わった。これらは犯人へのテレホンナンバーを教える暗号である。

このニュースは50％を越えるという物凄い視聴率を叩き出した。国民の重大な関心事になっている事は明らかだった。マスコミは色めき立った。

――9月7日　am 1：00――

ＴＢＦテレビの梅沢克己社長は赤坂にある本社ビル5階の社長室からネオンの海に特出する新宿の高層ビル街を眺めている。

メインキャスターを偶然にも輩出できた事で他社に一歩リードしている。明日の、いや、もう今日の10時に迫っている実況中継は、昭和48年の浅間山荘事件の瞬間視聴率日本記録（※NHK・民放の合算で89.7％）に迫るのは確実だろう。事件の展開にはあまり興味はなかったが、キャスターがうまく犯人と接触し、それをうまく料理してくれるかが心配だった。

小さな冷蔵庫に歩むと、缶ウーロン茶を取り出した。不思議な事に一方では、この情報反乱時代を巧みに利用している犯人に小気味良いものを感じていた。缶のタブを外した。

（今回のイベントを企画、演出したハミングバードに乾杯！）

キャスターの小川千賀は高鳴る胸を押さえ、ベッドに横になっていた。

正体不明の犯人への不安より、同期入社の加藤真紀に先を越され、常に2番手に甘んじていた生活から脱皮できるとほくそ笑んだ。実況中継は70％以上の視聴率を記録するのは確実だろう、これを契機にナンバー1の地位を築いてみせる。秋の番組編成で、夜10時から大型ニュース番組が発足するのを知っていた。女性のメインキャスターが未定なのも……。

（とにかく眠らなきゃ）

いつもは気にならない遠くで聞こえるオートバイの爆音が妙に神経を逆か撫ぜした。

どんな過酷なロケになるか分からない。それに寝不足はすぐに眼の腫れぼったさとして表れる。明日は晴れ舞台だ。

（とにかく寝なくちゃ。………）

田川聖子は突然、薄闇の中に眼をあけた。

警察には大きな啖呵を切っていたが、恐怖と不安で張り裂けそうだった。犯人が全く未知という事が、よけい恐怖を膨らませた。見えない敵が暗黒の悪魔になって脳裏を覆った。――その悪魔が一つの具体的な像を結んだ。それは、………

警察で恨まれている人の心当たりをしつこく聞かれた。その時はキッパリ否定したが、何故か今になって二つの顔が浮かんだ。2年程前（※１Ｆの総合案内センターに勤務していた時）だった。大学時代からしつこく言い寄られていた男に、……きつい言葉ではっきり断わった。

――男は1年後にあるカルト教団に入って世間から逸脱した生活をし、今は精神病院に入っているという。その事実を友から聞かされた時は何とも後味の悪い思いを味わった。……カルト教団に入ったのは、あの事があった1年後だ、精神病院はさらに1年後だ。その間に余程の事があったのだろう。または単に資質を持っていただけの事だろう。自分は関係ないと言い聞かせてはいるが、心のどこかにあの事が……という思いが、拭い切れなかった。

あの日は、私の二十三回目の誕生日だった。職場に男はバラの花束を持って現れた。私は「受け取れません」と言った。男はあぶらぎった顔を醜く歪めて俯いた。私はさらに追い討ちを掛けるように、「もう二度と来ないでください！顔も見たくありません！」と、きつく言った。男は力任せにバラの花束を二つに折ると、床に叩き付け、踏み付けた。そして掌から血を滴らせながら去って行った。――その時は自分の曖昧な態度がつきまとわれる元凶なのだという解釈と、職場というバツの悪さ、背筋を這う嫌悪感、それとある種の恐怖が、あのような態度をとらせたのだと思う。

（いずれは分かってもらわなくちゃならない。……仕方無いことだったんだ）聖子は自分を納得させるように、心の中でつぶやいた。

もう一つは、やはり2年前だった。案内センターで接客に追われていた時、じっと凝視められる何かを感じた。——やつれた御婦人が15メートルほど離れた柱の陰から睨んでいたのだ。それは、例えようもなく暗い眼だった。憎悪と悲しみに満ちていた。——聖子にも及んだ警察の取り調べで知ったのだが、その婦人はここのトイレで足を滑らせ、おぶっていた乳飲み子の頭を強打し、その後、死に至らしめていたという事だった。婦人の言い分だと、事故は床に浮いていた水のせいで、都庁の『管理不行き届き』という事だった。が、真相もその後の経過も知らない。その後も5度、その婦人を見た。何をするわけでも、何を言うわけでもなく、ただ私の横顔を遠くから暗い眼で暫く見つめて、いつも煙りのように消え去った。——もちろんこちらには微塵も疚しいところはなかったが、否応なしにその暗い眼は脳裏に焼き付いてしまった。

闇の中に、見えない犯人が翼を持った悪魔となって現われ、顔だけが鮮明に浮き上がってきた。あぶらぎった肌を醜く歪め、憎恵と悲しみに満ちた暗いくらい眼をした……。

胸に掛かっている聖母マリア像を、強く握り締めた。

(マリア様、どうか、か弱き羊を守ってください)

羽川刑事は地図から顔を上げた。眼をしばたてた。今日は朝から地図と睨めっこをしていた。犯人は駅に誘導して電車を利用させると読んだ。ヘリやモーターボートで逃走しようとしても、自衛隊や警察の方が最新型の性能の良い物を持っているのを知っているだろう。まさか、007（ダブルオーセブン）のようにうまく行くとは考えていないだろう。カイトやドローンを使うとしても飛行距離は限られる、その後は乗り物を使う事になる。スキューバを使うとしても水深と移動距離は限られる。巡視艇のレーザーなどに容易に発見され、到達場所は絞られる。そして札を裸で入れろという指示の意味がない。

では何を……？

車やオートバイはもちろん、ヘリや巡視艇からも逃れられるものが、一つだけあった。

それはモトクロス・バイクだ。

道無き道を走り、木々によってレーザーを拡散でき、当然、標準装備の車やオートバイは追って来られない。トレール車は無駄な物を省き、軽量化に走り、余分な物は収納出来ないと思える。が、外からは見えないがリアフェンダー上部に装備されたバックには約7リットルの物が入る。3億円の体積は大体37リットルだ。ラゲジキャリアを付けると、アルミのサブダンク31リットルを装着できる。またはデイパック32リットルを装着できる。つまりスペアパーツを除き、きちんと詰めれば、オフロード・バイク1台で3億円を運べるのだ。

羽川の趣味はモトクロスだった。だから到達できた結論かも知れない。警察に入る動機も好きなバイクで生計を立てることだった。白バイ部隊を志望した。しかし実際の配属は今の課になった。だが休日はモトクロスで過ごした。エンデューロ（※河を渡ったり、荒れたガレ場を越えたり、ライダーが助け合わなければ登れないような急勾配などの自然に近いレイアウトのコース）のサンデーレースにも都合がつくかぎり参加していた。6度の優勝をしていた。モトクロス界では知る人ぞ知るライダーだった。

新宿駅から山に行っている線は中央線のL特急10時30分発のあずさ11号、11時00分の13号が松本まで、小田急線は箱根まで行っているなどがあるが、高尾山の辺りがどうしても気になった。海抜600mという手頃な高さだ。京王帝都線の急行が20分間隔で新宿から高尾まで行っている。降りると目前だ。

羽川は閉じていた目を見開いた。

机上に広げられている地図に赤マジックペンで、高尾と相模湖を直径にした円を描いた。高尾で降り、山梨に抜けるには大垂水峠を通る国道があるが、オフロードだけを使い、小仏峠を越えて山梨に出るルートに挑戦した友がいた。小川や急勾配があり、困難を極めたが、なんとかやり遂げたのを聞いていた。

羽川は相棒の相沢刑事と高尾駅の側に待機するつもりだ。

中島守雄警視総監はグラスの中の氷を睨んでいた。まだ見ぬ犯人の姿を氷の中に出来ている人のかたちにも見える白い亀裂に重ねていた。

考えられる全ての手は打った。しかし見落しがあるように思えて仕方なかった。警察の威信がかかっている。日本国民はもとより、世界中から注目されている。ぶざまな真似はできない。なんとか一般人に一人の犠牲者もださず、収拾してくれるよう切実に願った。

（ハミングめ！）

中島は一気に琥珀色の液体を飲み干した。

様々な想いを包み込み、夜は深々とふけていった。

6

9月7日の朝がやって来た。

二つの巨大な角を生やした都庁第1本庁舎の周りをうるさい蝿のように沢山のヘリが飛び回っている。地上を見ると、針ねずみが群れをなすようにアンテナを乱立させたテレビ中継車が溢れていた。他にも雑誌や新聞社の車、アメリカやイギリスなどのプレスの姿も見受けられた。

560人の私服警官は何気なく新宿の街に溶け込んでいた。朝からカップルに化け、新宿中央公園でイチャイチャする者、駅構内で浮浪者の格好で新聞にくるまっている者、二丁目で朝帰りのオカマを演ずる者と様々な格好をして立ちまわっていた。

黄色いショートパンツ姿の小川千賀キャスターがカメラの前に立った。そして会心の笑顔を一回くれた。

「ただ今時間は9時57分になりました。もう直ぐ田川聖子さんがこのドアから現われるはずです。あっ⁉　自動ドアの向こうに聖子さんらしい女性が見えました。こちらに向かって来ます。間違いありません。田川聖子さんです。白いブラウスにロイヤルブルーのキュロットスカート、スカイブルーのリュックを背負っています。あのリュックの中に3億円という大金が入っているわけです。たった今一つ目の自動ドアを通過しました。時間は9時58分30秒になりました。二つ目のドアを通過して、いま現われました。まわりを見回し、あまりの報道陣の多さに驚いたのか、唖然とした表情を見せております」

その瞬間、フラッシュの洪水と、シャッターの嵐が吹き荒れた。

「聖子さん！こっち向いて！」「笑って！」などという、場違いな掛け声も飛んだ。

聖子は追い詰められたリスのように佇んだ。その時、スカートの右のポケットからベルが鳴った。キュッと心臓が締めつけられた。ポケットからスマホを取り出した。

「おはよう。昨日はよく眠れたかい？」と、なめらかだが機械的な男の高い声がした。

――おそらくボイスチェンジャーか人口音声の合成ソフトを使用しているのだろう。

「……はい」

「えっ⁉　聞こえないな？」

「はい！」

「よし！　今日はその調子で楽しく行きましょう。では最初の指示をだす。センチュリー・ホテルを通過して第一生命ビルの先を右折して進め。なお許可した以外のマスコミ諸君にはここでとどまってもらう。もし追跡したり、君に触れるような者が現われた場合は、その場で取り引きは中止する。もちろんヘリもだよ。小川キャスターにその旨を伝えなさい。ツー…ツー…」通話は切られた。

小川キャスターはマイクと拡声器で正確に伝えた。


警視庁のハミングバード対策室では68名の警官がモニターなどを見て、右往左往している。

「逆探知は⁉」

本部長の荒井郁男警視監が叫んだ。

「駄目です！　時間が短すぎます。わずかに板橋区のどこかということしか分かりません！」

「そうか」と荒井は平然とした声で言った。敵は逆探知にかかる程まぬけではないということは心得ていた。

「このまま北通りを行くと、青梅街道にぶつかります」

「よし！　覆面パトを青梅街道に集結させろ！」

「はい！」と返事をして、刑事はマイクに向かった。


聖子が北通りに入った時に二度目の連絡が入った。

「住友ビルと三井ビルの間を右折しろ」

先程とは違う、少し低い男の声が受話器から聞こえた。

「はい」

「逆探知は？」

「駄目です。先程とは違う地点ということしか分かりません」

「うん。黒金組の動きは？」

黒金組事務所のまわりでは、５０名の私服が不審な動きがないか張っていた。

「いえ、何も」

「このまま議事堂通りを進むと、甲州街道に出ます！」

「指令を変更！　甲州街道に集結！」

「はい！」

早くも本部は混乱に叩き込まれつつあった。

陸上自衛隊の十二村(とにむら)師団は住友ビルの屋上を占拠していた。

色々な通信機械の並んでいる後ろに、巨大なカバーが二つあった。中にはAH-1Sヒューイ・コブラがスタンバイしている。これは最高速度２２８キロ、行動半径２５０キロをカバー出来る国内最高ランクの軍事ヘリである。武装は機首に3砲身の20ミリ・ガスリング砲と、対戦車ミサイル・TOW 8発、70ミリ・ロケット弾の19発入りポッド2個を装備している。

通信機械類の一つは信号処理装置と、ドップラーレーダーである。聖子の持っているリュックの首止めの紐に、アクセントとして付いている青い止め金を、発信機と交換してあるのだ。微弱な通信電波を発している。市販の受信器では感知できない程の微弱な電波だ。これを周囲の様々な雑音電波の中から信号処理装置で識別し、そこにドップラーレーダーを当てている。これは名前の通りドップラー現象を使ったレーダーで、地面や障害物からの不要な反射波に影響されず、目標だけを探知し、移動方向と速さを察知する事ができる。今回のような任務には最適なレーダーと言えるだろう。

十二村源英師団長は少しも慌てた様子もなく、腕を組み、テレビ画面とレーダーモニターを眺めている。深い皺を刻んだ浅黒い顔は微笑みさえ浮かべているように見える。

十二村師団の作戦は完膚無いものだった。……アジトを突き止め、エボラと3億円を含めた全てを、アジトもろとも消去する事だった。

聖子達は京王プラザホテルと新宿モノリスビルの間を通り、明らかに新宿駅に向かいつつあった。


羽川と相沢は高尾駅前の喫茶店で待機していた。

テーブルの上にはフェイスマスク付きのジェット・ヘルメットと、ウォークマン・タイプの無線器が置いてある。この無線器は今回の作戦用に配られた物で、盗聴に強いタイプを採用している。そして二人の服装は、薄汚れたカラフルな色のMXジャージの上に白いダブルタイプのブレストガードを付け、ウエストベルトまで装着している。とても刑事には見えない。どこから見てもりっぱなモトクロス・ライダーだった。

無線器のイヤホーンから、一行が新宿駅に入ったという連絡が入った。

羽川の切れ長の眼がキラッと光った。ここまでは予定通りだった。これからが問題だ。

(頼むから、京王線に乗ってくれ)

羽川は心の中で手を合わせた。

聖子たち四人は羽川の期待に反して、山手線の外回りに乗った。車両の中でも小川キャスターの弁舌は快調で、休むことなく取り留めのない話を繰り返している。

先に乗っていた乗客は何気ない素振りを装っていたが、新大久保で乗った何人かは、驚いた表情を浮べた後、慌てて隣の車両に移った。まるでここに留まる事はエボラに感染するかの如くに……。


時間は10時57分だった。

聖子は池袋駅に着くと、走った。11時ジャストの東武東上線の急行に乗れ、という指示を受けたのだ。テレビスタッフ達も慌てて続いた。聖子は重いリュックを背負い、バッファローの群れのように向かってくる人々を縫い、西口方面に走った。広い池袋駅はいつもより広く見えた。そして行く手を阻む通行人は後から後から湧いてくる。両手に荷物を抱えた男と擦れ違いざまだった。もろに脇腹に荷物が当たった。硬く強い衝撃に息が詰まった。おそらくDVDプレイヤーか何かの家電製品だろう。座り込みたいという欲求に耐え、歯を食いしばって走った。

あと1分しかなかった。ホームに続く階段を登るときぎりぎりだ。 人を押し退けるようにして階段を駆け上がった。ホームに着いた途端、発車を知らせるベルが鳴り響いた。電光掲示板で急行を確認した。飛び乗った。スタッフも続いた。空気の抜ける音を立てドアは閉まった。

「フゥーッ」と、どこからか溜め息が聞こえた。

（チィッ⁉　やられた！）

警視庁の対策室で、荒井警視監は舌を鳴らした。——殆どの尾行がまかれていた。

（チィッ⁉　：なんでだ？）

同時刻に羽川も舌を鳴らしていた。早くも目算が狂った。

「東上線の終点は寄居か」と地図を見ている相沢が言った。「俺の考えだと、寄居から更に秩父線に乗り換えた、終点の三峰口が臭いと思うな」

羽川も地図を覗き込んだ。

「どうだ？」と相沢が聞いた。

羽川は黙したまま暫く見つめた。「いや」と、地図上を指で差した。「ここだ！」

そこは秩父線上の長瀞（ながとろ）だった。地形的には判断がつきかねた。が、三峰口だと、西武池袋線の特急を使い、秩父で乗り換えれば約2時間10分で行く、東上線では接続がうまく行っても2時間

40分はかかる。――三峰なら西武線を使うはずだ。

羽川と相沢はバイクに跨がった。

羽川のヤマハDT200Rは、キィーン！キィーン！と高い金属音をさせた後、エンジンを心地好く吹き上げた。ウィリーをして飛び出した。相沢のカワサキKDX200SRもすぐに続いた。

高尾から長瀞まで直線距離で約130キロ、八高線を利用しても3時間強の距離を、1時間55分で行かなくてはならない。通常八王子にまわるところを長房を通る山道を突っ切った。

秋川街道に出た。

タイヤをエンデューロ用にした事を悔やんだ。オンロードを走るとグリップが悪く、スピードも出ない。そしてモノショック型のリアサスペンションは硬く、小さな凹凸まで拾った。胃下垂を防止する為のウエストベルトを付けていてもなお、振動に苦しめられた。

聖子達の乗った電車は森林公園駅が終点だった。東上線の森林公園駅ホームで、聖子はただじっとベンチに座っていた。9分後に、下り電車が滑り込んできた。

聖子達は乗り込んだ。

羽川達は道無き道を、最短距離を走った。

飯能を抜け、奥武蔵グリーンラインを越え、今は白石峠だ。一時も休まず走り続けている。猛烈な残暑はメットの中を蒸し風呂に変えていた。熱さと焦燥、張り続けている緊張で喉はカラカラ、振動を吸収し続けた体はいたるところバカになったように痺れている。

相沢は羽川の後ろを夢中で付いていった。サンデーレース・チャンプの羽川のテールを必死に追いかけていた。相沢は羽川と同期だった。二人とも今年28歳だ。羽川はマイペースだった。自分の信じる道なら、どんな中傷も妨害も垣間見ない図太い神経を見せた。その自信満々な態度が、相沢はどうも癇にさわった。協調性が欠けていると思った。それに相棒を見殺しにしたという噂も聞いていた。正直、こいつとだけはバディ（相棒）はごめんだと思っていた。しかし2年前、そのバディを言い渡された。俺は俺のペースでやる。俺は剣道五段だ、もしも喧嘩を売られたら、いつでも買ってやると思っていた。そして一緒に行動してみると、予想通り無愛想で、仲良くやって行こうという素振りはみられなかった。当然チームワークはガタガタで、事ある度に対立した。しかしある日、覚醒剤中毒の息子を殺した父親の調書を取っていた時、泣き崩れる父親と共に、羽川が貰い泣きした事があった。その時、こいつはそんなに悪い奴じゃないかもと思った。それからも意外な脆さと優しさを見る事があった。そしてクールに装っているが、内面はホットな奴という事がわかってきた。その内、人間的にも信じられると思えるようになった。だから1年程前、興味があった事もあるが、モトクロスに連れていってくれと自分から頼んだのかもしれない。そしてサンデーレースにも出るようになった。羽川はモトクロス場では別人のように親しく接してきたが、勤務中は相変わらずだった。

レースの朝は借り物のトランスポーターで夜明けのハイウェイを一緒に走った。緊張感がいやがうえにも高まった。そして完走できた時の充実感は最高だった。順位はいつも下だったが、そんな事は吹き飛ばす満足感が、羽川と抱き合わせた。今では、のめり込んでいると言っても過言ではなかった。


聖子達は東上線の終点の４駅手前、東武竹沢を過ぎた所だった。

十二村源英師団長も長瀞と読んだ。東武竹沢から長瀞まで39分かかる。新宿から長瀞まで直線距離で95㎞だ。時速２００㎞で飛ぶと約30分で行く。

黒いカバーが取り外された。ヒューイコブラのブルー・グレーのボディーが現われた。それは不思議な色だった。見る角度によって、光の具合によって様々に変化する。灰色にも、水色にも、そしてある角度では白にも見えた。

メインローターがゆっくりと回り始めた。ドップラーレーダーを積んだヒューイコブラは烈風と轟音を残し、青空に吸い込まれていった。

羽川と相沢は目的地まで約30㎞地点の定峰峠（さだみねとうげ）を走っていた。

峠道は無舗装で車一台がやっとという狭さだ。羽川は細心の注意を払いながらも全開で飛ばしていた。が、束の間、その緊張感と暑さ、そして辛さから逃避するように、子供の頃の思い出に思いを巡らせた。それはその頃妹とよく遊んだ『棒ちゃん、葉っぱちゃん遊び』だった。これはプロレスごっこなどをしていて自分が不利になると「葉っぱちゃん」と叫ぶ、すると妹は急に力が抜けて弱くなる。「棒ちゃん」と叫ばれると、俺が動けなくなってしまうというルールを幼い頭で独自に考え出した遊びだった。妹はそれをすぐに使ったので、俺はいつもやられていた。でもある日、俺はキーロックをかけ、妹が「棒ちゃん」「棒ちゃん」と何度も叫んでも止めなかった。妹がワンワンと泣いても暫く止めなかった。何故やめなかったのかは思い出せない。虫の居所が悪かったのか、そんなに痛いわけはないと思っていたのか、それともその遊びを卒業する年齢に差し掛かっていたのか……。

泣いている妹の顔が3年前の23才の時のものに変わった。「何故お兄ちゃんが側にいながら……」と、見つめた真っ赤な眼からは大粒の涙が溢れていた。妹の恋人の海野さんが死んだのだ。殉職したのだ。海野刑事は俺の相棒でもあった。それは突然だった。新宿3丁目のゴールデン街で挙動不審の中国人に職務質問をしようとした時だった。「ちょっといいかな?」と後ろから肩を叩いた海野さんに、振り向いた中国人は突然ナイフを突き立てた。側にいた俺はすぐに中国人を取り押さえた。が、海野さんは心臓をえぐられ、ほぼ即死状態だった。中国人は双頭黒龍という名の中国マフィアで不法滞在者だった。それに覚醒剤をやっていた。

海野さんは二つ年上だったが先輩風を吹かせず、おおらかでナイスガイという言葉がピッタリの人だった。俺達は相棒を越えた友情を感じ合っていた。妹とは、お互いの家を行き来している内に自然とそうなった。俺も海野さんなら妹を任せられると思っていた。俺は悲しみと同時に、隣にいながら何もできなかった自分を責めた。時折、眼球を剥き出した無念そうな海野さんの死顔が現れた。そして妹の涙を見ていると、代わりに俺が刺されていればと思ったこともあった。

あの直後に俺は家を出た事もあって、相変わらず妹とはうまくいっていない。同僚の刑事達とも表面上の付き合いだけで終わっている。それは俺に原因があった。あの悲しみを繰り返したくないという気持ちがどこかで働き、必要以上に同僚達と親密になる事を恐れている自分がいるのだ。そのくせ最近、無性に寂寥感に苛まれる事がある。一人でいると、心にポッカリとあいた穴を意識する事があり、そんな時は決まって、解決手段のわからない欠落感と渇望に苦しめられた。

羽川は現実に引き戻された。ジープが、突然、視界に現われたのだ。

――それは3速全開で左回りの急カーブに入った途端だった。

ジープと正面から睨み合った。

ブレーキング、シフトダウン。

（駄目だ!?　倒し込みが間に合わない！）

分厚いバンパーが、目前に迫った。

尻をフューエルタンクの前に出し、内側の足を思いっきり前方へ突き出し、リーンアウトした。

――足を出したのは倒し込みのきっかけを作るためだ。外側のニーグリップと足首で車体をねじ伏せた。路面に左のニーが擦った。熱い風圧が体を押しやり、次には引っ張った。暴れるバイクを、踵を着く事で持ち堪えた。

すんでのところで切り抜けた。


相沢はコースアウトしていた。

車体もろとも崖下に消えていた。

羽川はバイクを降り、崖を駆け下りた。

バイクの下敷きになっている相沢が見えた。――一瞬、脳裏に眼球を剥き出した死顔がよぎった。

「相沢！　死ぬな！」

羽川は相沢に乗っているバイクを夢中でどかし、相沢の肩を抱き起こした。

相沢は眼を開け、「よせよ、ホモじゃねぇんだ」と渇いた小さな声を出した。

「…よかった。……ほんと大丈夫か?」

「あぁ、自分で立てる」

相沢は汗と泥で汚れたフェイスマスクを剥がした。下から心細い笑顔が現われた。

「この野郎!　心配かけやがって」と、羽川はメットを叩いた。

「ハァーハァー…これに助けられたよ」

相沢はブレストガードを右手の親指で差した。左胸下が欠けていた。

羽川がバイクを引き上げた。

「アッ!?」

オイルが漏れていた。斜面に飛び出している岩にクランクケースをぶつけたようだった。

「まいったな」と、相沢は頭を垂れた。

「任せとけ」と、羽川は自分のバイクに戻ると、ポットとおにぎり、ガムテープを持ってきた。ポットを相沢の足元に投げると、倒れているバイクに向かった。そしてクランクの汚れを拭き取ると、何を思ったのか、おにぎりの米つぶをクランクの裂目に詰め始めた。

相沢は羽川の後ろで腰を下ろした。足を投げ出した。ポットの中身をストローで一口すすった。

(ウッ!?)

顔を苦しそうに歪め、胸を押さえた。——本当は肋骨が折れているのだ。

羽川は米つぶを詰め終わると、ガムテープで覆った。——直接ガムテープを貼っても、すぐ取れてしまう。米つぶはシーム剤の代用になるのだ。長い間のモトクロスの経験で掴んだ生活の知恵だった。

もう時間は23分しかなかった。二人はバイクにまたがった。

相沢は激痛に耐えながら羽川に続いた。振動がナイフの切っ先のように胸を刺し、絶えまなく苦しめ続けた。真っ白になる寸前の頭で、奥歯を食いしばり、必死に羽川のテールを追った。


聖子達は予想通り寄居駅で秩父線に乗り換え、長瀞方面に向かっていた。


バイクは和銅鉱泉に入った。もう一息の所まで来ていた。

羽川はバックミラーを覗いた。——相沢が付いて来ない。

アクセルターンをくれ、引き返した。

相沢はバイクと共に倒れていた。

「おい！　大丈夫か⁉」

「あぁ俺は大丈夫だが、こいつが」と、相沢はバイクに視線を飛ばした。

エンジンはウンともスンとも言わなかった。原因はすぐに分かった。――2ストローク・オイルは消耗が激しく、1リットルを500キロほどで消費する。米つぶの応急処置もかなわず少しずつ漏れ続けた事に消耗がプラスし、エンジンが焼き付いてしまったのだ。――2ストローク・トレールは全て分離給油方式で、2ストローク・オイルを空にすると、簡単に焼き付いてしまう。

（迂闊だった）

羽川は唇を噛んだ。

「先に行ってくれ」と、相沢は掠れた声を出した。

「でも……」

「もう足でまといになりたくない。俺は俺で何とかする。任務を遂げてくれ」

眼のまわりだけ8の字に残し、土ぼこりで真っ黒の顔が、羽川を真っ直ぐ見つめてきた。

「さぁ早く行け！」

次の瞬間、その真っ黒な顔に一筋の川ができた。

羽川は泥だらけの相沢を、サンデーレースで完走した後のように一回抱き締めると、バイクにまたがった。

テレビに小さな駅が映っている。

「ただいま12時57分です。埼玉県長瀞(ながとろ)町の秩父線沿線の長瀞駅に来ています。褐色のレンガの広い庭に糸杉や唐松が生え、まるで公園の中にあるかのようです。そして三角形の赤い屋根を持つ駅舎は、絵本の中のお菓子の家のようにも見受けられます」と、小川キャスターの甲高い声が響いた。

カメラが寄り、聖子が改札の前で佇んでいる姿が映った。

「犯人側からは長瀞で降りろ！という指示があっただけで、それからの事はまだ言ってきてないようです。聖子さんは困惑の表情を見せております。アッ⁉…いま聖子さんのスマホのチャイムが鳴りました。緊張の面持ちで耳にあてがいました」

「はい」という、聖子の声をマイクがひろった。「……それは何処ですか？……」

「………聖子さんの質問には答えず、無残にも切られたようです。聖子さんが改札口に歩みました。駅員に何やら聞いています。……えっ⁉　宝登山(ほどさん)神社です。宝登山神社の場所を、道順を聞いています。どうやら次の目的地は宝登山神社のようです。遂にここで、身の代金の引き渡しが行なわれるのでしょうか？」

カメラは聖子の後ろ姿を追った。公園の続きのような緑と褐色のレンガの道が続き、両側には小さな食堂、おみやげ屋、民宿などが軒を連ねている。そして駅から200m程行った所で、味もそっけもない道にぶつかった。

「この道は?」と、小川キャスターがスタッフに問いかけた。

「………ルート140のようです。国道140号線にぶつかりました。道を挟んで巨大な白い鳥居が見えます。鳥居の間を続く白い道はなだらかに登り、青空に達するようにも感じられます。私たちもこれから国道を越え、その道を登るわけで………」と、小川キャスターの一世一代の名ナレーターぶりは、壊れたラジオのようにいつまでも続いた。

前方には宝登山が座っていた。山を真っ二つに割るようにロープウェイの線が頂上まで続いている。そこに帽子のように白い雲が掛かっていた。その雲が小さく千切れた。――それはヒューイコブラだった。高度4千m上空で、不気味に静止している。

その遥か上空に航空自衛隊の第501飛行隊が駆る、RF-4Eファントムが螺旋を描いていた。なんと⁉ 高度1万m上空から可視光カメラで狙っているのだ。

まさに状況はハイテク戦争の様相を呈してきた。

7

国友はウィルス科の医局に一人でいた。

テレビで取り引きの成り行きを見ている時に、同期入社の桜井に、「エボラの新事実が分かった」と、内線電話で呼び出されたのだ。

　痩せ気味で背の高い男が大股で入って来た。男はテーブルの角を挟んで国友の前に立つと、大きなマスクを取った。笑顔が現われた。桜井史紀だった。二人は眼で挨拶を交わした。

「何だい、新事実って?」と、国友は穏やかな声で聞いた。その表情には以前なかった余裕が見られた。中野と伊豆大島の感染は隔離が成功し、取りあえず沈静化できたからである。

「まさか、エボラがロマンチストだったのが分かった、なんて言うなよ」

「いいや」と、桜井は真顔で、「実は、ロリコンだった」と続けた。　国友は腹を抱え、桜井は広い肩をゆすって笑った。

「冗談言うために呼んだのか?」

「ウーン」と桜井は一回唸ると、レポートをテーブルに投げた。「もしかしたら、センターの不名誉になることなんで、まだ誰にも言ってないんだが」

　レポートにはエボラの蛋白構造式が書かれていた。国友の表情から余裕が消えた。

「…須賀政善(ガス)のエボラをPCR(染色体の塩基配列を調べられる増幅装置)に掛けたら、構造単位蛋白体(ポリペプチード)とRNA(リボかくさん)は、まったく大島のものと同一だった」

　つまり、須賀と大島は同じウィルスによって汚染されたというわけである。ハミングバードの脅迫文には、中野の事は触れていなかった。が、関連が隠されている事になる。もともと国友は中野への突然の飛び火に疑惑を持っていた。何故なら感染は須賀の方が僅かに早かったと推測していた。そして大島の第1世代の感染者と須賀との接点は調べた限りでは出てこなかった。つまり飛び火ではなく、別のルートを考えていたが、これで中野もハミングバードによる可能性が高くなった。

（だが、……?）「なるほどな。だが何で、センターの不名誉になるんだ?」

「それが、奇妙なんだよ」と桜井は神妙な声を出した。

「何だい?」

「この株は、1976年にスーダンで大暴れした物と同一だった」

「えっ!?…すべてに関連があるということか?」

「あぁ、奴らは簡単に姿を変える。確率的にみても同じ株が数十年の時と20万キロの距離を乗り越え、偶然に発生するということは考えられない。現にスーダンの76年の大流行の時も、殆ど時を同じくして近村でも流行が起こっていたが、まったく別の株だった」

国友は何もない壁を数秒見つめた。「………その株を保管してる施設は?」

「そこなんだ問題は!?…日本では、うちと阪大の微生物研究所、それに友愛製薬のたった3施設しかないんだよ」

須賀政善の履歴を調べ上げた結果では一時、友愛製薬に就職していた事実が分かっていた。再び国友の手にチョイスしたカードが配られた。

「ありがとう、教えてくれて」

国友は血相を変えて立ち上がった。桜井はその表情を見て、

「おい、どうしたんだよ?」

「たぶん漏洩したのはうちじゃないよ」

国友は足速に出口に向かった。

「オイ! あまり自己判断で突っ走るなよ」

国友はドアをあけたまま、「君には迷惑かけないよ」

「そんな事言ってんじゃない! 自分で自分の首を絞めるような事するんじゃないと言って……」

国友は言葉の終わる前に、ドアを飛び出して行った。

そして自分の医局に戻ると、友愛製薬の研究所の電話番号を調べて電話した。その後、例のエボラの蛋白構造式が書かれたレポートに目を落としながらも、桜井の最後の言葉を噛み締めていた。(自己判断で突っ走るなよ)(自分で自分の首を絞めるような事するんじゃない)

その時ドアが開き、萌が入ってきた。

「どうなりましたか?」

「なにが?」

「なにがって、テレビ取り引きですよ」と、萌はテレビの前にドカッと座り、ボリュームを上げた。

小川キャスターの甲高い声が響いてきた。

「なにか進展があったら、教えてくれ」と言うと、国友はレポートに向かった。

8

警視庁のハミングバード対策室で荒井郁男警視監は苦虫を噛み潰したような顔をしている。覆面パトカーが現場に急行中だが、間に合いそうになかった。完全に後手にまわっていた。

その時、対策室にいる68名に、一本の共通した緊張が走った。中島守雄警視総監がみえたのだ。中島は忙しく立ち回っている警官達にいちいち、ご苦労さまと声を掛けながら、後ろに両手を組んでガニ股気味にゆっくりと歩いてくる。そして一列に並んだ無線係の後ろで止まった。「動きはありましたか?」と誰にともなく問い掛けた。

「いえ。まだ接触してません」と、荒井警視監が答えた。

「尾行が気付かれた様子は?」

――気付かれるも何も、殆どまかれていた。

「はい。それは大丈夫です」

「しっかり頼むよ」

聖子達は鳥居から続くアスファルトの道を歩いていた。もうだいたい700m程登っていた。ジリジリと照り付ける陽射しと、登っている道が否応なしに汗を呼んだ。白い石で出来た僅か三段の階段があり、そこを越えると景色が変わった。地表には砂利が敷き詰められ、両側は灯籠が並び、高い木々が控えていた。ここからが境内のようだ。しばらく砂利を踏み締めると、それらしい建物がいくつか見えてきた。右手に池があり、3匹のガチョウが仲良く寄り添っていた。左奥は鬱蒼とした林だ。まばらにいる参拝客は、何事かと見つめた後、道を譲った。

道が二手に別れていた。右手には白い鳥居があり、本堂に続いているようである。左手は『奥宮参拝。ロープウェイ方面』と書かれた看板があった。

(どっちに行ったらいいいんだろう?)

聖子は困った。

十二村師団長は当然左に行くと考えていた。

本堂方面だと、人も多いし、取り引きに適する場所もないと考えた。奥宮か、ロープウェイの終点辺りなら、いくらでも潜伏する場所はあり、取り引き場所にも困らない。

航空自衛隊の第５０１飛行隊々長　松村幸紀もそう読んでいた。

ファントムは高度７千ｍから奥宮方面と、ロープウェイの終点辺りに絞って赤外線熱映像写真を撮っていた。これは熱（※赤外線エネルギー）を電子的にとらえるため、レンズもシャッターもなく、レーザーに近いといえる。被写体を千五百本の帯状に分けてスキャニングし、合成し、映像を作り出す。これの驚嘆すべき点は、熱を出すものなら何でも捕らえる、気温や地熱と僅かに異なる体温をも識別する事だ。ファントムの中では操縦士１２名、写真撮影技師６名、現像技師６名、通信班６名、爆撃班６名の計36名が不審な場所に潜んでいる人影を求めて躍動していた。


その時、羽川は神社の横にある町営プールの駐車場に滑り込んできた。暦上のシーズンは終わっていたが、夏の暑さはまだまだ続いている。駐車場にも十台近くの車があった。

羽川はワンボックスカーの陰でイヤホーンに耳を傾けた。そして双眼鏡をつかむと、バイクを飛び下りた。

聖子はスマホで指示を聞いていた。

「本堂に行け、稲荷大明神の前で次の指示を待て」

電話の相手は最低4人の男がいて、代わり番にかけてくるように思われた。

聖子は右手に進んだ。鳥居をくぐり〝お手水〟を過ぎて、広く高い石の階段を登り始めた。


十二村師団長の眼に初めて困惑がよぎった。

(何故だ⁉　なんで本堂方面なんだ)

ファントムの中も小さな混乱に陥っていた。コンピューターで合成中の映像も意味をなさなくなる可能性があった。そして急いで対象を変える必要に迫られた。


羽川は数回屈伸をした後、バイクに戻り、乗り出した。社務所に向かった。


聖子は高い階段の中段まで登ったところだった。突然、冷気に包まれた。両側は杉や榎、樫などの巨木に囲まれ、土面にはびっしりと苔やシダ植物が生えている。ほんの二十数段登っただけで、木の枝によって年中陽光の届かぬ、別の生態系にトリップしていた。

見事な彫刻の施された梁に囲まれた、大きな本堂があった。左にまわり、本堂と招魂社と書かれたお宮のあいだを通った。おみそぎの泉を過ぎ、裏に出た。今度は小さな赤い鳥居があった。それをくぐり、赤い旗に囲まれた狭い道に入った。山の中に分け行っていくような気になった。並んで歩けないほどの狭い小さな橋があった。恐るおそる渡った。ここまで来ると冷気は増し、夏ということを忘れさせる肌寒さを感じた。小川キャスター達も声を抑えて付いてきた。

稲荷大明神の祀ってある小さな神社に着いた。ここで指示を待つわけだ。

両側には小川が流れ、神社のある場所は三角洲のような印象を受けた。両側から伝わる小川のせせらぎが外部の騒音を遮断し、現世から特出した場所というような妙な感覚を生じさせた。その先は狭く急な石段が下っている。左の小川に、朽ち果てた大木が半分つかっていた。それは苔や見たこともないキノコに覆われていた。

手持ち無沙汰に、スタッフ達は、賽銭をあげ、何かを祈っている。

時間は13時50分だった。東京の街はガラガラに空いていた。皆テレビにかじりついているのだ。出発時は約50％（NHK・民放合算）の視聴率を記録していたが、東上線に乗ってから徐々に落ち、15～30％をうろうろしていたが、ここに来て跳ね上がった。瞬間的に72％を記録した。

ヒューイコブラに十二村から無線が入った。

「3億円の無事を確認しろ！」

「駄目です！　先程からやってますが、ここだけは何故かレーダーが届きません」

十二村が眉間に深い皺を刻んだ。

第５０１飛行隊々長　松村も同じ質問をしていた。

「複数人の生体反応はキャッチしてますが、３億円のリュックまでは？……」

羽川は社務所の裏山に駆け上がっていた。双眼鏡を覗いた。境内に挙動不審なスーツ姿の男が二人いた。誰が見ても刑事だった。溜め息がひとつ出た。聖子達は視界にどうしても入ってこなかった。

静寂をやぶるように不気味に着信音が鳴った。聖子は恐るおそるスマホを耳にあてた。

「祈りは終わったかね？」

「いいえ、私はクリスチャンですから」

「フフ……では、ご利益は期待できないかもな？」

「次はどうすればいいんですか？」

「もうハイキングは終りだ。下りの階段で駅に戻りなさい。そして14時９分の寄居行きに乗りなさい。急いだほうがいいよ。次はしばらく来ないよ」

時間は13時54分だった。駅までは1・5キロ近くあり、荷物もある。15分ではきつい。聖子は急く気持ちを抑え、慎重に狭く急な石段を下り始めた。スタッフも慌てて続いた。聖子は足を滑らせ、後ろに倒れた。背中のリュックが頭を守ってくれた。すぐに立ち上がると、残りの二段を飛び下りた。細い道を急いだ。その道の両路肩は少し盛り上がり、びっしりと深緑の苔に覆われていた。後ろで物音と男の悲鳴が聞こえた。その音と声で、カメラマンが転倒したのが分かった。

前方のくねくねと折れ曲がった小径から、腰の曲がった老婆が現れた。杖を使って、とぼとぼとこちらに向かってくる。聖子は老婆の直前で止まり、体を横にしてゆっくりと擦り抜けた。そしてその小径を急いだ。前に朽ちた小屋が見えた。苔と蔦が絡み付いた板張りの屋根を突き破って、数本の竹が生えていた。昔は休憩所か茶室にでも使っていたのだろう。

小川キャスターがその小径に入って来た。

「おばあさん！　どいて！　どいて！」と、叫びながら走ってくる。

慌てた老婆は足を滑らせ、転倒した。

小川は手を貸そうとした。が、老婆は、「大丈夫じゃよ。だいじょぶ。だいじょぶ」

——だいじょぶはいいが、道がふさがれていた。

その頃、聖子は朽ちた小屋の手前にいた。そして道に沿って、その小屋をまわった。その時だった。

青い疾風が、突然、前を駆け抜けた。

青いリュックを背負った女が聖子の前に飛び出し、猛然と走り始めた。

同じような形状のリュックだ。同じような服で、同じようなヘアースタイルをしている。まるでもう一人の私だ。

聖子は唖然と立ち尽くした。

次の瞬間、後ろから口をふさがれ、腕を決められた。悲鳴を上げる暇もなかった。そして三人の男たちに小屋の中に運ばれた。

小川は、先に行けと言ったマイクの柴崎に老婆を任せ、老婆を跨いで走り出した。小屋の前を通り過ぎた。もうそこには誰もいなかった。喬木の林沿いに走った。急に視界がひらけた。前方四、五十m先に青いリュックが見えた。場違いな鉄筋2階建の祈願者休憩所と、大きな社務所の間を脇目も振らずに走っている。小川はリュックを必死の形相で追いかけ始めた。

羽川は連絡の入らない無線に苛立っていたが、双眼鏡に大きな青いリュックを背負った女が入ってきた。聖子だろう。距離をおいてスタッフも続いて来た。

（何事だ⁉）バイクにまたがると、ゆっくり山道を平行して下り始めた。


例の小屋の中では白衣を着た3人の男が無言で作業をしている。それはいささか奇異に見えた。一人の男がほぼ等身大のビニール人形の両足先を掴み、逆さに吊るし上げている。胸の形状から人形は女性だと思えた。――おそらくダッチワイフだろう。そして彼女の両足の足首からすねにかけて一文字に切れ目が入れられている。その切れ目に二人の男がリュックから帯封を取った札を取り出して、黙々と詰め込んでいる。

一方、聖子は横に転がされていた。気絶しているようだ。さるぐつわが噛まされ、透明な梱包テープで手を縛られていた。

そしてもう一人、聖子の足首を縛っている者がいる。

それは意外にも、老婆だった。先程の小川達の行く手を邪魔した老婆だった。その老婆が立ち上がった。しっかりと背筋が伸びている。そして「はやくしろ」と、低く太い声で言った。それは男の声だった。白衣の男達は作業をしながらうなずいた。

ダッチワイフはみる間に札束で満たされ、膨らんでいった。札を全て移し終えると、彼女の足先からすねにかけて折返しがなされた。その部分に梱包テープが貼られた。息が吹き込まれた。まるで命を得たかのように、人間の丸みをかたち作っていった。再び息が吹き込まれ、彼女は九十歳から二十歳に若返った。

小川キャスターはひと回りし、見覚えのある池に戻った。小川の剣幕に驚き、3匹のガチョウが羽毛を飛ばし、狂ったように逃げ惑った。前を走っている青いリュックは境内を出ようとしていた。小川は、「聖子さん！」と声を張り上げた。しかし答えはない。「聖子さん！　待って！」と再び叫んだ。今度も返事はない。小川は力を振り絞ってダッシュした。砂利道に入った。ローヒールを履いていたがそれでも尚、何度か砂利に足を取られ、バランスを崩しそうになった。

石段を降り、舗装道路に入った。だらだらと下った灰色の道が続いている。それが永遠に続くかのような気分に襲われた。一生懸命走っているつもりだったが、聖子との距離は一向に縮まらない。よくもまあ、30キロもの重いリュックを背負ってあんなに速く走れるものだと思った。まるでジェイソン（※映画『13日の金曜日』に出てくる殺人鬼）に追われているヒロインのような鬼気迫る走りっぷりだった。

いつになっても灰色の道は終わらない。聖子との距離は逆についていった。――もう駄目だ。足が悲鳴を上げている。心臓が破裂しそうだ。今までは責任感と明日の栄光の為に耐えられたが、もうそんなものはどうでもよくなっていた。足を止めた。ゆっくりと歩き始めた。足を止めたことで、今まで感じなかった暑さが込み上げた。汗がドッと噴き出した。ワイヤレス・マイクを黄色のショートパンツのポケットに突っ込み、ハンカチで汗を拭きながらヨタヨタと歩いた。数歩歩いた所で、国道との交差点が飛び込んできた。聖子がその前で立ち止まった。小川も立ち止まり、膝に手をつき、ハァハァと荒い息を繰り返した。

その時、サイレン音が聞こえた。救急車が国道から曲がってきた。

——もしかしてスタッフの誰かが怪我を!? と小川は思い、振り返った。15m程後ろに柴崎が近付いてきている。そしてさらに30m程後ろに神田が見える。

「おーい！　だいじょぶか！」と、柴崎の声がした。小川は気怠そうに手を振って答えた。

聖子は国道を横断し始めた。

小川は気を取り直して最後の気力を振り絞った。鉛のような足を上下し始めた。

羽川はオートバイを止め、山道からその様子を見ていた。

三人のスタッフ達は救急車に道をあけるように端をフラフラと走っている。その50mほど後ろから先程境内にいた私服がそれを追いかけている。彼らは時折電柱や街路樹に隠れながら尾行しているが、そのとってつけたような動作は、自分達を刑事といっているに等しいと思った。行き先は察しがついていたので、羽川は先回りをする事にした。山道を乱暴に飛ばし始めた。

リュックの女は体を駅舎の柱に預け、胸を上下しながらパスを探した。そしてホームに辿り着くとほどなく、電車が滑り込んできた。乗り込むと、膝から下が崩れた。ポールに掴まり、やっと耐えていた。車両内はがらがらにすいていた。5、6人の乗客しかいなかった。女は車両の一番隅のシートに青いリュックを置き、その前に立った。右手でポールに掴まり、左手をリュックに乗せて……。

小川と柴崎が駆け込んできた。電車に乗ると同時にドアが閉まり始めた。二人の刑事が隣の車両に間一髪で飛び乗った。ドアは、ガッタンと音を立てて閉まった。

その時、カメラマンの神田がホームに入ってきた。重い機材を足元に置くと、片足を引き摺りながら、動き始めた電車を追いかけた。——彼はもう少しという所で再び転倒していた。その時、カメラを守るために不自然な転び方をし、足首を痛めていたのだ。

電車は無情にもホームを離れた。

「どういうことだ⁉」と、十二村の声がヒューイコブラに響いた。

「わかりません」

まぬけな刑事の尾行が感づかれたのか？単に取り引き場所が違うのか？または犯人の何らかの

都合により場所を変更したのか？　それとも既に……？　十二村の頭は目まぐるしく回転した。

「リュックの居所は？」

「はい。それがいまだにレーダーに入ってきません」

「バカ者！　すぐになんとかしろ」

「はい」と返事をした彼は、信号処理装置を操っている男に駆け寄った。

そしてヒューイコブラは付かず離れず、電車を追跡し始めた。


羽川は各ボルト、ナットの増し締めをした。長時間の過酷なロードが続く場合、途中で増し締めをする事が必要だ。そしてヘルメットもきつく締め直した。以前東北自動車道を走行中、メットが風圧で回った事があったのだ。

ヤマハDT200Rは線路ぞいに続く道を疾走し始めた。


ファントムは暫く不審な人物の出入りを監視していたが、高度1万1千m上空から電車を追跡し始めた。

先程神社の敷地に入ってきた救急車は、境内の石段の手前で止まった。

するとほどなく、担架を持った二人の救急隊員が境内から現れた。白いヘルメットとマスク、白衣姿で、シーツをすっぽり被せた担架を運んでいる。シーツにははっきりと人型の皺ができていた。その後ろに例の老婆が杖をついて付いて来た。

救急隊員が担架と共に乗り込んだ。

救急車が方向転換した。

その後に老婆が当然のように乗り込んだ。

救急車は派手にサイレンを鳴らして走り始めた。そして国道との交差点にぶつかった。寄居方面とは逆の右に進路をとった。


小川は呼吸が整うと、マイクに語りかけ始めた。

「私たちは長瀞発2時9分の秩父線の寄居行きに乗っています。残念ながらカメラマンの神田さんは乗り遅れましたが、聖子さんをはじめ他のスタッフはなんとか間に合いました」そこで一回息継ぎをした。「聖子さん、異常はないですよね?」しかし聖子は窓の外を見つめて肩を上下に波立てているだけで何も答えない。「3億円は無事ですよね?」と、再び問い掛けた。しかし相変わらず黙したままだ。小川は聖子の顔を覗き込もうとした。が、聖子は顔を背ける。怪訝な顔の小川は、逆にまわり、聖子の顔を見た。そして唖然と口をあけ、感嘆詞を発した後、「あなたは、だれ⁉」と叫んだ。

「なに言ってんだ」柴崎が驚いたように言った。そして口をあけたまま聖子の顔を指差す小川を見て、「ちょっと失礼」と言うと、聖子の肩を掴んで振り向かせた。

見た事のない女だった。

柴崎の顔色が蒼白になった。

女は聖子とは似ても似つかない顔で、年齢も少し上のようだった。ただ体型とヘアースタイルが似ているだけだった。柴崎達はリュックと後姿だけを見て追いかけていたので、電車に乗って顔を見るまで気付かなかったのだ。

「聖子さんをどこにやったんだ⁉」と、柴崎は女の肩を揺すった。

その時、隣の車両に乗り込んでいた刑事達が踏み込んできた。

女は捕まった。殆ど抵抗もみせずに手錠をかけられた。


ヒューイコブラは旋回をして戻り始めた。いくら電車にドップラーレーダーを当てても電波はキャッチできなかった。考えられる事は、リュックに取り付けた発信機が何らかの理由で故障したか、妨害電波が発信されているか、電車にリュックが乗っていないかのどれかと思われた。発信機は事前にテストしてあるが、余程乱暴に扱わない限りは故障しない。三十メートル（※ビルの十階に相当）の落下テストもクリアしていた。妨害電波は、信号処理装置で分析したが認められなかった。

十二村師団長は、宝登山神社からリュックが出ていないと判断した。電波の途絶えた辺りを徹底的に調査する事にした。


対策本部の無線係が大きな声を張り上げた。

「犯人の一人を逮捕できたもようです！」

まわり中から喚声が上がった。

しかし荒井警視監の顔色は冴えない。（なんて軽はずみな）と、つぶやき「3億円は⁉」と大声を上げた。

「はい。ただいま第二報が入りましたが、残念ながら、既に奪われたという事です」

喚声は溜め息に変わった。

「リュックの中身は札の大きさに切られた新聞紙の束に変えられていたという事です」

「バカもん！」荒井が怒鳴った。「すぐにホシに発信機を取り付け、泳がせるよう指示を出せ」

「えっ⁉　はい！」

警察の狙いは小童を捕まえる事ではなく、敵の拠点を捜し出す事なのだ。敵がエボラを持っている限り、下手に刺激する事は、自らの首を締める事につながる。エボラがばらまかれる可能性がでてくるのだ。拠点を捜し出し、一網打尽にするか、せめてエボラを取り返す事が今回の作戦の主旨であった。


羽川は3億円が奪われたという連絡を受けた。すぐにスマホを取り出して、消防署にかけた。

——先程から例の救急車が引っ掛かっていたのだ。

消防署員の答えは、宝登山神社に救急車の要請は出ていないという事だった。

(やっぱり⁉)

羽川は猛スピードで宝登山に戻り始めた。


電車の中では、リュックの女が泣き崩れていた。両脇に二人の刑事が立ち、足元には札の大きさに切られた新聞紙が散乱していた。

女は米澤美恵、27歳、住所は長瀞の東隣の美里町という事だった。ここまではあっさりと自供したが、3億円の行方どころか、ハミングバードとの関係も否定した。

女の言い分はこうだった。——1歳の息子を背負って、保育所に行く途中、救急車に道を聞かれた。説明している時に、突然、ナイフを突きつけられ、車に押し込められた。そして息子を人質に取られた。犯人に簡単なゲームをしようじゃないかと言われた。この服に着替え、リュックを背負い、14時9分の寄居行に乗りなさい。もし電車に乗り遅れたり、追ってくる者に顔を見られた場合は、子供の命はないと思え。うまく行った場合は、子供は大切に扱い、次の停車駅に預けておく。と、脅されていたらしい。

小川はあの切迫した走り方を見ていたので、女の話は嘘ではないなと思った。

電車が止まった。次の停車駅の野上に着いたのだ。

女は刑事の制止も聞かずに走った。発信機を背中に付けたまま、髪を振り乱して走った。

待合室で高年の駅員が幼児を抱いていた。

女は改札口を突破した。もぎ切りの駅員が、待て！と追いかけた。

女は、幼児を抱いた高年の駅員の元に駆け寄り、幼児を奪い取った。

「よかった‼　無事でよかった」と、大粒の涙をボロボロと流し始めた。

「あんたかね。色々事情はあるんじゃろうが、こんな可愛い子を捨てるなんて……」と、駅員は見当はずれのお説教を始めた。

刑事達は追い付いてきていた。後ろから様子を伺っていた。女は全く逃げる素振りを見せなかった。膝を突き、ただ号泣していた。刑事達は女の供述は嘘ではないと判断した。

その高年の駅員から刑事は事情を聞いた。

それは5、6分前だった。泣きじゃくる赤ん坊の声が外から聞こえ、その方向に様子を見に行った。そしてトイレの小屋の後ろでダンボール箱に入った赤ん坊を見付けたという事だった。

羽川は宝登山神社方向には曲がらず、ルート140をそのまま秩父方面に向かった。――敵はのんびり参拝しているとは思えなかったからだ。

親鼻橋(おやはなばし)を渡った所で、自転車に乗った婦人をつかまえ、救急車を見なかったか尋ねた。ほんの数分前に秩父方面に向かって行ったと言った。羽川は秩父方面に進み、秩父鉄道の踏切りを越えた。少し行くと、十字路になっていた。悩んだ末、まっすぐ国道を進んだ。通行人を捜した。が、誰もいない。その時タクシーが前方から現れた。

羽川は対向車線に乗り入れると、道の真ん中で停車した。

甲高いクラクションが鳴り響いた。しかし羽川は動かない。タクシーは急ブレーキの音を上げ、タイヤを軋ませ、ぎりぎりで停止した。

運転席の窓があいた。

「死にたいのか⁉　バカ野郎！」

羽川は警察手帳を掲げて歩んだ。

運転手は羽川の問いに、打って変わって丁重な口調で、救急車は見ていませんと答えた。羽川は礼を言うと、バイクを路肩に寄せ、無線器に話しかけた。覆面パトが間近まで来ているという事だった。羽川は十字路の場所を教えた。そして今来た道を戻り始めた。十字路に到着した2分後に覆面パトの一群が現れた。宝登山神社組と、左右の道を行く組に別れ、捜索が始まった。

結局、救急車を見付けたのは、35分後だった。それは寄居、または東秩父村に抜けられる主要道に1キロほど入ったブドウ畑の脇道だった。もちろんもぬけの殻だった。

引き続き、捜索は行われたが、遂に犯人は発見できなかった。乗り継いだ乗物が特定できなかったのが敗因の一つだった。

そして、例の朽ちた小屋から縛られた聖子と、空っぽのリュックが見付かっていた。聖子は最寄りの病院に急行中だが、動揺が激しい為、取り調べははかどっていなかった。

更に不思議な物が残されていた。小屋の屋根に絡み付いていた沢山の蔦は、植物ではなかった。偽装網で出来た蔦模様の迷彩ネットだった。神社の物ではないという証言から、証拠として分析に回された。

第三章　再感染

1

桜田門では連日会議が行なわれていた。

警察はまんまと3億円を奪われ、マスコミと世論の矢面に立たされていた。しかも綿密な計画的犯行の為、有力な証拠も残されていなかった。

聖子は、殆ど犯人の顔を見ていなかった。ヘルメットとマスクしか見ていなかった。後ろから襲われ、唖然としているところにクロロホルムをかがされ、意識を失っていたのだ。

例の幼児の母親の米澤美恵も同じようなものだった。いつものように近道を通って保育園に行く途中、救急車から降りてきた、赤十字マークのヘルメットを被った2人の男が、寄居インターチェンジに行く道を聞いてきたという。救急車でも道を聞くんだと少しおかしく思えたが、それだけだった。そして指差しながら教えている時に、いきなり口をふさがれ、ナイフを目前に突きつけられ、体の自由を奪われたと証言した。

取りあえず、犯人のモンタージュが作られた。しかし成果は期待できない。犯人は2人共ヘルメットとマスク、おまけに眼鏡をかけていたからだ。

更に警察は米澤に、ここ数日の間に怪しい男を見なかったか質問した。——手際が良すぎると思ったのだ。おそらく犯人は事前に下見し、聖子に髪形や背格好が似ている女をピックアップしていたと想像できる。しかし米澤は、怪しい男は見なかった。ただ前日と前々日にドローンと思える物を見かけたと答えた。

そして救急車は、あざやかな手並みで盗まれていた事がわかった。

午前7時8分、関越自動車道の東松山インターを下りてすぐの254号バイパスから脇道に入ったモーテルの前に、若い男の声で要請があり、救急車は出動した。

少し広くなっている道脇に乗用車（白のシビック）があり、側につぶれた原動機付き自転車が転がり、その横に血だらけの青年が倒れていた。典型的な交通事故の現場だった。

救急隊員は三人だった。三人とも救急車から降り、その青年の元に駆け寄った。青年には息があった。担架に乗せた。その時、無人のはずの救急車が発進した。唖然としていると、青年が担架から飛び下り、シビックに向って走り、そして助手席に飛び乗った。同時にシビックは発進した。救急隊員は走って後を追ったが、もちろん追い付けなかった。

乗り捨てられていた救急車は徹底的に調べられた。ナンバーは替えられていた。不審な指紋も遺留品もなかった。しかし運転席から妙な物が見付かっていた。

それは小豆大の一粒の白い物質だった。

分析にまわすと、次亜塩素酸カルシウムが主成分の高度サラシ粉で、さらに円形の固形物の一片という事が分かった。

これは水に溶けやすいという性質はあるが、普通のサラシ粉と比べると結晶水と塩化カルシウムが除かれている為にはるかに安定で、適所に保存すれば濃度低下は2年で1％程度である。汚水や井戸水などの殺菌消毒に幅広く使われ、この円形の固形タイプは遊泳用プールでも使用されている事がわかった。

遊泳用プールの水質基準は、環衛第５０８０号及び環衛第９１４７号厚生省環境衛生局長通知にて、塩素濃度は０．４ｐｐｍ以上でなければならない。となっている。つまり学校などのプール施設では必ず塩素消毒を行わなければならないのである。

いくつかの学校に問い合わせてみた。返ってきた答えは一様に、固形の塩素剤は溶ける速度が遅い為、生徒が足で踏む、または手で掴むなどの好ましくない事態が頻繁に起こるので、今は顆粒状の物に切り替えているという事であった。

それと衛生業者がバキュームカーでし尿を吸い上げた後に、このタイプの塩素剤の有無を3カ月毎に点検し、浄化装置の連続溶解注入器に挿入する事が義務付けられている事もわかった。いま上げたのは一般家庭の場合だが、従業員５００人以上の会社になると、毎日の法定点検が義務付けられている。

警察は衛生業の従業員を洗う方針をかためた。北西埼玉地区の衛生業者が徹底的に洗われた。

——今回の事件は広域重要犯罪J１２２５号に指定されているので、管轄はなかった。

例の小屋の屋根に絡み付いていた偽装網で出来た蔦模様の迷彩ネットは、赤外線放射を抑制する塗料が使われていた。これはレーダーから発見されにくくする工作と思われた。

そして小川達の行く手を阻んだ老婆がハミングバードの一員という見方がされた。それは、救急車に一緒に乗って行ったという目撃者が参拝客の中から出てきた事などが上げられる。小川達によると、老婆は白髪で皺だらけの顔で季節外れの厚着をしていた。今考えると、メイクアップしていたとも思えるが、皺は本物に見えたという事だった。マイクの柴崎に触った肌の感触を質問したところ、手を貸そうとはしたが、そのたびに「スケベだね。そんなに女の体に触りたいかね？」などとおちゃらかされ、とうとう手を貸せなかったと答えた。

それと救急隊員が見たシビックと、謎のジープが並んで小川町の郊外のパチンコ店で発見された。ジープのタイヤから僅かに釜伏山（かまふせさん）の土が見付かった。シビックからはでてこなかった。つまりジープは釜伏峠を越え、寄居町または東秩父村のどちらかのルートを通り、小川町に到達した。そしてシビックは別のルートから合流したと推理された。

先に到着したグループがパチンコで暇をつぶしたとも考えられ、店員達に不審な人物がいなかったか質問したが、郊外店では飛び込み客が多いため特定できないという事だった。車は防犯ビデオの死角に駐車されていた。下見を行なっていたと思われる。そしてシビックとジープは盗難車だった。

遺留品はシビックのトランクから小型テレビとビデオプリンター、それに大型のバッテリーが見付かった。

たぶんそのテレビで中継を見ながら、敵のリーダーが統括的な指令を出していたと思われる。ビデオプリンターは米澤美恵が聖子と同じような服を着せられていた事から、その服を買い求める時に、プリンターから取ったコピーで照らし合わせた可能性がある。

この型のプリンターは普及型で、現在日本では9万7千台でていた。購入者を調査中だが、近年の犯罪記録をみると、大量消費時代が仇になり、特定される事は希だったのでこれも期待うすだろう。

そしてもう一つの遺留品である米澤美恵の着用していた服は、ラベルが全てはがされていたので、まだどこで買ったかは特定できていないが、これは時間の問題と思われた。犯行は全て関越自動車道に沿って行われている。関越沿道のどこかの店と推測できた。

羽川はくやしさと同時に見事な手並みにあきれていた。人も殺さず、テレビ中継という多数の目の中で誰にも気付かれずに3億円を奪い、逃げおうしたのだ。『グリコ森永事件』以来の知能犯だと思った。バックにはかなりの切れ者がいるのだろう。

羽川の留意していた脅迫状の（何も包まず直接リュックに入れよ）という下りは、例の小屋からいくつかの銀行のマークの入った帯封が沢山発見されていた事から、たぶん担架で運んだ人間らしきものは、実は人間の形に作った袋か何かで、中にばらにされた3億円が詰め込まれていたと推理できた。その場合、裸の札の方が例え僅かでも早く詰め込める。あの手際の良さは、一分一秒を大切にしていた証拠だ。

そしてハミングがテレビ取り引きを仕組んだ本当の理由は、聖子達の動きを逐一知る目的もあったろうが、それ以上にリュックの形状と、聖子の服装を事前に知る意味があったと思える。闇に紛れられる夜ではなく、午前10時に取り引きを開始したのはデパートの開店時間と符合する。リュックは前日に知っていたので、前日に用意できたかもしれないが、服はそうはいかない。おそらく朝のテレビ放送された画像をプリントして、その足で服を買い求めたのだろう。時間は充分あった。4時間近くも聖子たちを引き摺り回したのだから。そして万が一、聖子の服や身代わりが用意できなかった場合は中止するか、多少の危険を冒しても堂々と取り引きをしたと思える。敵はエボラという切り札を持っている限り、警察は迂闊にでられないという事を計算していたに違いない。それ位の事は平気でやってくると、今までのやり口を見ていれば容易に想像できた。

やっかいな敵だと心底思った。

2

国友は友愛製薬の研究所にいた。――桜井から同形の蛋白構造のエボラを保有している施設としてここをあげられたからだ。

社長室は想像に反して狭く簡素だった。もっとも社長はここには滅多に来ないのであろう。本社ビルには数倍豪華な部屋が用意されているのであろう。

国友の前に口髭をたくわえた恰幅のよい友利義秀社長と、七十近くに見える白髪の研究所所長の平野康雄が並んで革張りのソファーに座わり、後ろにまだ三十代前半に見える黒スーツの秘書が影のように寡黙に立っていた。

テーブルに置いてある桜井から貰ったエボラの蛋白構造式の書かれたレポートから、国友は顔を上げた。

「つまりです。今回の騒ぎはここを含めた数施設の内のどれかから漏洩した菌が起こした可能性が濃厚なのです。ご協力をお願いします」

社長は一瞬髭に驚きを見せたあと、「うちは断じてそういうことはありません！　既に二度も、厚生省の査察官と刑事が来ましたが、不備は見付かりませんでした」と、怒ったように言った。

「しかしこれはウィルスの教えてくれた純然たる事実なのです」

「それは確実なことなのですか?　誰が調べたことなのですか?」

「それは、……」国友は一瞬口籠った。――桜井がセンターにも内緒にしていると言ったのを思い出したのだ。――自分で責任を負うことに決めた。「この件に関してはセンターはノータッチです。全ての責任は特殊疫病科のチーフである私の責任です」

「では、拒否もできるのですね?」

「…はい。…そうなると、正式な令状を取ってからということになります」

社長は一瞬、眼に敵意を浮かべた後、「なにも、拒否するとは言ってませんよ」

「ありがとうございます」

頭を下げる国友につられるように社長も会釈した。

「しかし漏洩というのは考え憎いですね。うちの病原微生物・密閉室は、物理学的にも生物学的にも基準以上の装備をしています」と、唐突気味に平野所長がかすれた声で口を挟んだ。

「いえ、そういう意味ではなく、作為的に持ち出された可能性があるのです」

「まさか!?」と社長は呆れたように言った後、見開いた眼を、所長に向けた。

「そういうことはありません。部外者は入ることもできない、…堅固な…設備をしています」

平野所長の声は語尾にしたがい力がなくなった。――どうも、研究員の誰かが?　とよぎったようである。

「いえ、その部外者が起こした可能性があります。とにかく病原微生物・密閉室を見せてくださ
い」

その時ノック音がし、キューリのような体型の神経質そうな落ち着きのない眼の男が入ってきた。細川浩孝微生物室室長だった。国友が自己紹介をしただけで、眼に驚きと動揺が走った。国友は先程と同じ言葉を繰り返した。キューリ（※細川室長）はそういうことはないと思うと、消え入りそうな声を出した。

無口なキューリに付いて密閉室に向かった。彼のギクシャクとした歩き方にもどことなく緊張が見られた。

宇宙服のような防御服を着て、厳重な密閉室に入った。エボラの保管してある冷蔵庫を開けた。ビン立てを取り出した。ビンを一本いっぽん摘み、マイナス70度の頑固な霜を拭き去り、通し番号を記録した。異常はなかった。通し番号も数も合っていた。体積も重量も問題はなかった。

しかし国友は腑に落ちなかった。キューリも案内してくれた研究員の態度にも過剰な緊張が見られた。隠蔽工作をしたのか、それとも立ち入り検査ということ自体に単に過敏に反応しているのかは、判断つきかねたが。――ここから流出した事が分かれば、事が事だけに営業停止処分ぐらいでは済まないだろう。責任者はそれなりの責任を取る事になるだろう。

国友は準備室に戻ると、須賀政善（ガス）の業務内容と勤務態度を聞いた。エボラの第一感染

者であり、半年前までここに動物飼育係りとして勤めていた彼が何らかの理由で盗み出し、扱い方をしらずに感染したと考えるのが一番自然に思えたのだ。

しかし密閉室に結びつくものは何もなく、勤務は真面目にやっていた。そして最近不審な出来事もなかったという答えだった。


国友は仕方無く、そこを辞した。納得できないものを引き摺りながら、最寄りの駅までの十数分の距離をとぼとぼと歩いた。

見渡した限りまばらにある街路樹以外には大した木もないのに、どこかで車の走行音の中に蝉の声が混じっていた。残暑はまだまだ厳しく、強い陽射しと熱を蓄えた地表は通行く人々のスタミナを遠慮なく奪っていくように感じられた。

数分歩いただけで汗が滲んだ。街路樹の陰で足を止め、ネクタイを緩めた。一瞬太陽を見上げた。疲労気味の眼には黄色い刃のスコールのように映った。

僅かなガード下に入った。こんな日陰でもありがたかった。ハンカチで額の汗を拭いた。

（あのエボラ株は、うちか友愛製薬、または阪大のどれかから持ち出されたとしか考えられない。もう一度……）

その時、陽炎の中から黒い乗用車が現われた。凄いスピードだった。そのままこちらに向かって来る。

（ウワッ⁉）

まるで黒豹のように躍りかかってきた。

カバンを投げ出し、コンクリートの壁に体を預けた。

燃えるような痛みが背中を襲った。次の瞬間、電流が指先から全身に貫き抜けた。

車はテール・バンパーに火花を散らし、走り去った。

すんでのところで無事だった。

国友は壁に肩を預けたまま、鼓動がおさまるのを待った。――明らかに自分を狙っていた。姿の見えない意志に殺意を感じた。

窓ミラーに弾かれて、感電したように痺れている左掌を、右手でそっと包んだ。

（フーッ　何故だ⁉）

ゆっくり腰を折り、痺れていない手で無残に轢かれたセカンドバッグを拾った。

センターの5階の廊下を歩く国友は、傷付いた戦士を思わせる様相だった。腫れた左手をハンカチで包み、疲れ切った足を引き摺るように宿代わりの病室に向かっていた。

病室に入った途端、ノック音がした。

「どうぞ」

「失礼します」

萌が入ってきた。

「今日の業務報告に……」と言い終わる前に、萌の眼が国友の轢かれたセカンドバッグに吸い寄せられた。「どうしたんですか？ そのバッグ」

「うん、ちょっとね」

萌の視線が次には、ハンカチに包まれた国友の左手に釘付けになった。

「じゃ、その手は⁉」

国友は、不注意で車にぶつかったと言った。

「ちょっと見せてください」と、言うが早いか国友の左手を取った。人差指と中指が親指のように腫れていた。

「ひどい、すぐ手当てしなくちゃ」

「大丈夫だよ、ただの打撲だよ。こんなの大した事ない」

「駄目です。いま手当てすれば、明日には腫れはおさまりますが、しなければ、もっとひどくなります」

萌は走って部屋を出て行くと、すぐに袋に薬などを詰めて戻ってきた。そして、国友に母親のような口調で、ベッドに横になるように命じた。

「はい、手をよこして下さい」

国友は観念したように左手を差し出した。

「これでも私は整形外科には、ちょっとうるさいんですから」と、萌は国友の人差指、中指、薬指の三本を左手で支えると、コールドスプレーを振り掛け、少し置いてから患部を強く押した。

「痛いですか?」

「うん、少し」

萌は次にはベビーパウダーを全体に振り掛け、優しく流れるように擦った。

「どうですか?」

「うん、気持ちいい」

萌は更に慈しむように丹念に、全体をそして各指を擦り始めた。その指と目は優しさに溢れていた。国友は萌の表情を見て、眼を細めると、だんだんリラックスしていった。

萌はもう6～7分も同じ動作を繰り返している。

「もういいよ、疲れただろう?」

「駄目です。鬱血(うっけつ)をとらないと、長引くことになります」

国友は溜め息まじりの息を一回長く吐いた。

「目を閉じていてください。見られていると、やりにくいです」

「はい、はい」と国友はすっかり観念して、瞼を閉じた。

萌はさらに5分ほど同じ動作を繰り返した。そしてインドメタシン・クリームを塗り、次にシップを貼ると、丁寧に包帯を巻いた。国友は蓄積していた疲労のためか、寝息を立てていた。

萌はベッドに片肘をつくと、その寝顔を覗き込むように暫く眺めていた。胸に愛しさが込み上げてきた。周りは静寂に包まれている。微かに掛け時計の時を刻む音が聞こえてくるだけである。萌の眼が国友のかるく開かれた唇に吸い寄せられた。何故か胸の鼓動が早まり、頬が紅潮してきた。その唇が、萌の視界いっぱいに広がった。眼をそらせようとしたが、無駄な抵抗だった。

萌は誰もいないのを改めて確認するように周りを見回すと、すくっと腰を浮かせた。そして国友の唇に自分の唇を近付けていった。

萌の唇が、微かに国友の唇に触れた。

鼓動がさらに早鐘のように早まった。

萌は、ふと我に返ったように唇を離した。そしてまわりを見回した後、十秒ほど国友を愛おしそうに見つめた。

次の瞬間、萌の表情が意外にも悲しくくもり、涙がわき上がった。萌は声にならない嗚咽を漏らすと、薬の入った袋を鷲掴みにし、足早に部屋を出て行った。

翌朝、国友は区立中野中央病院の隔離病棟の廊下を歩いていた。一人の看護師に呼び止められ、国友医師にどうしても話したい事があると言っている患者の存在を知らされた。その人の病室に案内してもらった。

「あちらの方です」と、看護師はベッドに横たわっている一人の男性患者を示した。

彼は病魔に蝕まれ、どす黒い肌の七十歳の老人のように見えたが、瞳だけは若さと輝きを失っていなかった。

「彼はいつ」

「昨晩です」

その時、「お久しぶりです。都立大島病院の小原です」と、か細い声が聞こえた。

国友は息を飲んだ。その患者は都立大島病院の内科局長の小原久裕医師だった。一緒に大島でエボラと戦った同士とも呼べる存在だった。男らしく真っ黒に日焼けしていた肌の色は、今は墨汁色に見え、精悍だった顔付きは目の淵が落ち窪み、頬がこけ、見る影もなかった。

「どうしました？」

「ＰＣＲの結果は、エボラのようです」

国友はＰＣＲ検査の結果を見た。陽性だった。恐らく治療中に何らかのアクシデントがあって感染してしまったのだろう。次にファビラが投与されているのかを確認した。

それを見越したように小原医師は、「どうも私にはファビラは無力のようです」と、悲しい笑みを浮べた。

国友の知る限り彼は実力では日本屈指の名医と思えた。日本人の為にも失ってはいけないという気持ちが湧いた。

「…インターフェロンを試してみませんか?」

「…そんなことより、これを」と、彼が指差したテーブルの上には一冊の大学ノートがあった。国友は手に取った。

「私と接触があった人たちの連絡先と接触頻度が書いてあります」

と、小原が言った。「少しはお役に立てますか?」

国友がページをめくると、日付と時間、注釈と接触頻度がランク付けしてあり、更に住所と電話番号などが記載してあった。それが十数ページにわたって列挙してあった。国友は感動し、胸が熱くなった。――果たして自分が同じ境遇に陥った時に、他人の為にこんな事ができるだろうか?と、思った。――素晴らしい医師で人間であると思った。

「ありがとうございます。とても参考になります」

「…良かった」

「早速活用させていただきます」

小原は力なく微笑んだ。歯茎から多過ぎる出血がみられた。国友は担当医にインターフェロンを薦めるメモを残し、それを看護師に伝言すると走った。一刻も早くノートの人達を隔離しなくてはと思ったのだ。遅れる事は感染が拡大する事につながる。


国友は萌と二階堂達を集めた。そしてエチレン・オキサイド・ガスの充満したポリエチレンの袋の中から、小原医師のノートを取り出した。それを読むと、接触頻度は低い人からABCの順に記載してあった。注釈を読むと彼の患者も十人いた。

まずABランクの人たちを萌と二階堂に任せた。全ての人に連絡を取り、都立大島病院かセンターの近い方に来てもらい、再度の問診で判定し、しかるべき処置をとるように伝えた。

国友はCランクの人達を救急車とヘリで確保する事にし、救急隊員を集めて細かく指示を出した。

その日は深夜まで、接触者追跡調査(コンタクトトレーシング)に忙殺された。

その一週間後の晩、国友はほぼ一ヶ月ぶりに自宅に帰ってきた。エボラウィルスのPCR検査が陰性と出て、帰宅の許可が下りたのだ。

国友は自宅の黒いスチィール製の門の前で少し佇んだ。街灯に照らし出されて白銀に光っている門の大きな傷が何故か愛おしいのだ。これは国友のゴルフクラブを息子の昌平が振り回した時につけた傷だった。その時は叱った記憶があるが、何故か今はその傷が愛おしく思えた。それを、そーと撫ぜながら門を入ると、小さな芝生の庭にあるビニール製の丸いプールが薄明りの中に飛び込んできた。子供達の喚声が聞こえそうな気がした。国友は子供達を心行くまで抱き締めたいという欲望にかられ、大急ぎで家の中に入った。しかし子供達は既に寝ていた。仕方無く、寝顔を暫く眺めた。

国友はキッチンに入った。冷蔵庫からビールを取り出しながら、横で片付けをしている喜美子の背中に話し掛けた。

「二人共、ちょっと見ないうちに大きくなった気がするな」

「勝手に大きくはなんないのよ！　あなたは寝顔しか見ないから、可愛いだけでしょうけど、それはたいへんなんだから」

「わかってるよ」

「わかってないわよ！　私達をいつも放っておいて平気なんだから」

喜美子は虫の居所が悪いようだ。久しぶりに帰った時は、いつもそうだった。でもそれは彼女流の甘えという事を知っている。しばらく悪態をとった後、決まって優しい妻に戻るのだ。

「…命令で仕方無く、センターに缶詰になってたんだよ」

「一ヶ月も萌さんと缶詰じゃ、さぞかし楽しかったでしょうね」

すぐに返答できなかった。

――――昨晩、萌が眠れないと言って、国友の病室に来た。酒を少し付き合った。萌はたった水ワリ二杯だけで真っ赤になった。彼女が弱いのを思い出した。

「さぁ明日も早いんだ、もう自分の部屋で寝なさい」と、国友は立ち上がった。

「この間は心を込めて、チーフの怪我の治療をしたんです。私にももう少し優しくして下さい」

「あぁ、この間はありがとう、助かったよ。……でも、そろそろ寝た方がいいんじゃないか？」

「いやです！まだ眠れそうにありません」

萌は三杯目を一気に飲み干した。

「もうやめなさい」

「じゃ、…お薬ください」

「しようがないな。一錠だけだよ」と国友は机に歩んだ。

「違うの！　そういうお薬じゃないの」

萌が後ろから抱き付いてきた。

ほのかな香水と、背中に当たる柔らかいものが国友を刺激した。腕をほどいた。向き直った。

「大島でもらったお薬、とっても効いたの」と、萌は眼を閉じ、顎を突き出した。

国友は少し困惑したが、「ダダッ子みたいなこと、言ってんじゃないの」と、オデコを弾いた。

「子供扱いしないで」

萌はバスロープを肩から外した。それが滑るように床に落ちた。

国友は息を飲んだ。下には小さなパンティしか着けていなかったのだ。

ピンクに上気した妖しい裸体が現われた。細身ではあったが、よく発達した胸と腰をしていた。豊満な腰の片側が突き出され、それにともない細いウエストが逆方向にくびれ、一歩足が踏み出された。

国友はただただうろたえて後退った。みだらな姿態が追ってきた。狭い部屋である、すぐにベッドに追い詰められた。ベッドに腰を落した。

萌は前に立つと、まとめてある髪を解いた。髪は命を得たかのように、華麗に奔放に踊り、柔らかくバウンドしながら下方にまとまった。額にかかった軽くウェーブしている長い髪を、萌はゆっくりと掻き上げた。溢れるようなまなざしが現われた。そして再び長い髪を掻き上げながら、胸を突き出すポーズを作った。

「どう?　これでも子供」

見せてはいけない場所を教えるかのように、小麦色の中にははっきりと白い部分が際立っていた。その急激に隆起した真っ白な部分は、興奮の為か内から滲み出すピンクによって透き通る艶を放ち始めた。そしてそこが重そうに上下に揺れ、突然視界は、淫靡に輝く瞳に覆われた。

国友は逃れる為にベッドに倒れた。赤く濡れた唇が追って来た。甘い息に包まれた。

このまま抱き締めようかという気持ちにかられた。が、その時、喜美子の顔が現われた。悲しい眼をしていた。(そんな眼で見ないでくれ)

「…キ　ミ　コ」

萌が上体を起こした。

「最低！　私にもプライドはあるわ」

萌はバスローブを羽織ると、走るように出て行った。

今朝、萌とエレベーターで一緒になった。

「チーフの事はキッパリあきらめました。奥さんにはかないません」と、ケロッとした調子で言ったが、眼は充血していた。昨夜は眠れなかったのかもしれない。　国友には自信がなかった。あの時、萌が出て行かなかったら、…………──

喜美子は微妙に何かを感じ取っていた。

「やっぱり、何かあったのね⁉」

「何かって、何だよ⁉」

「あなたが今、考えてた事よ」

「……なっ何も考えてないよ」と言いながら国友は、喜美子の視線から眼を逸らせた。

「……正直ね。何かあったって顔に書いてあるわ」

「……何をバカな…」

「私、一人になって少し考えたいと思います」

どこかいつもと様子が違う、思い詰めて見えた。

「どういうことだ?」

「しばらく、……実家に帰らせていただきます」

喜美子はもう疲れていた。心配したり、恨んだり、嫉妬したりしながら待つだけの生活に疲れていた。そしてそういう感情を持つ醜い自分を発見し、とまどい、あきれ、憎み、世間からも国友からも姿を消したかった。——しかし本当の理由は、これ以上自分の精神を傷付けたくないという防衛本能が働いていたのかもしれない。

喜美子は踵を返した。

「ちょっと待てよ!」

その時、窓ガラスが割れた。

ガガガ……

国友は飛ぶように喜美子を突き飛ばし、自分も突っ伏した。

ガガガガガガ……

シャッターに一列に穴が開き、食器が飛び散り、壁に穴を開けた。国友の上にガラスと陶器の破片が降り注いだ。

炸裂音は終わったが、体の深奥から滲み出る恐怖は続いていた。暫く立ち上がれなかった。

「喜美子、大丈夫か」

「何なのよ！　これは⁉」

喜美子は寝ている子供を起こすと、車で実家に発った。

とても引き止められなかった。それにまた襲われる可能性もある。安全の為にも、しようがないと思った。車の件は半信半疑だったが、機関銃は疑いようがなかった。

国友は大股で食器棚に歩んだ。一番高そうなボーン・チャイナを掴むと、床に叩きつけた。

3

その翌日の午後、白いポロシャツ姿の羽川が、センターの特殊疫病科に現われた。

エボラに関わっている国友が襲われた事に、ハミングバードとの関連を、何かを握っているとと考え、訪問したのだ。

国友は昨晩はもちろん今朝も出頭し、さんざん事情聴取されていたので、刑事の顔は見たくなかった。暫く待たせた。

――国友を襲った銃弾は、旧ソ連軍使用の機関銃の物だった。小樽でロシア人から中古車などと銃を交換していた輸入商のところから摘発した物と同じ物だった。その輸入商やヤクザとの関係をしつこく聞かれた。まるで彼らと関係があり、狙われるべくして狙われたような聞き方だった。だから心当たりはない、勘違いで襲われたのだろうと濁した。車の襲撃の事も話さなかった。

羽川は国友を待つ間、萌から特殊疫病科の仕事内容を聞いていた。

そして国友と羽川が初めて顔を合わせた。

国友は羽川を見たとき意外に思った。１８０cm前後の鋼のような体をし、真っ黒に日焼けした顔の中に少年のように曇りのないブルーの白目と輝く瞳を持っていた。最近よくセンター内で見かける警官や昨夜の刑事達のような隙を見せたら食らい付くぞ、というような疑心に満ちた眼ではなかった。猛禽類のような狙った獲物は逃がさないというような眼ではなかった。

羽川は逆に、国友に刑事の匂いを嗅いでいた。イメージしていた学者の線の細さが見られず、顔付きと語気に敏腕刑事の持っている空気を感じていた。

羽川はハミングバードの調査をしているが、藁をも掴みたい、エボラの事を教えてくれというニュアンスで聞いてきた。

国友はエボラの特性などを話した後に、何気ない会話の中で、なぜか友愛製薬への訪問と車の襲撃の話をしていた。彼なら信用してもいいかも……と、直感が教唆(きょうさ)したのかも知れない。そして、どういう根拠で友愛製薬に行ったかを聞かれ、曖昧に可能性を話していた。

羽川は興味を持った。

その後、二人で友愛製薬に出向いた。

緊張したキューリ（細川室長）に再び、密閉室を案内してもらった。

国友はひとり病原微生物完全密閉室に残り、エボラのビンを通し番号順に調べ始めた。

羽川は準備室に戻った。感染者の須賀政善（ガス）が半年前までここに動物飼育係として勤めていた事と、国友から説明されたエボラの同株をこの研究所も所有している事、そして微生物学室長や研究員たちの態度を見て、隠蔽工作をしていると確信に近い疑いを持った。

須賀政善の業務内容を聞いた。しかし密閉室に結びつくものはなかった。かといって、予備知識なしで入り込める設備ではないと思えた。中からの手引きがあったと考えるのが自然だ。

二ヶ月前まで遡り、不審な事があったか聞いた。ないという答えだった。それで引き下がる羽川ではなかった。業務日誌を提出させた。7月24日に実験動物飼育室のサッシの修理をしていた。

48日前だ。修理をした会社の名前、電話番号などを聞き、メモした。

「ガラスの割れていた日付は？」

「ガラスを入れた前日だったと思います」と一人の研究員が言った。

「それが何だというんですか？」と、キューリが言った。

「いいえ、どんな些細な事でも調べる必要があるのです。その前日に、つまり7月23日に密閉室に入った人は分かりますか？」

「ええ、病原微生物・気密室は入室すると自動的にコンピューターによって名前がファイルされるようにできてますので、分かると思います」と別の研究員が言った。

その日、就業時間外に入っていたのは、一人だけだった。その里見敏男という人を呼んでもらった。里見博士は、その日その時間に入った記憶はない。という答えだった。カードの所在を聞いた。白衣から出てきた。帰宅する時も白衣に入れたままロッカーにしまうか、家に持って帰るという事だった。そのロッカーを見た。スチール製の簡素な物で、手に覚えがあれば簡単に開けられる物だった。

その時、国友が戻ってきた。青い顔をしていた。

――すべてのエボラの気密ビンの絶対量を調べたのだ。――その結果、驚いた事が分かった。2本が他の約半分量しかなかったのだ。――おそらく厚生労働省の査察官も絶対量までは調べなかったのだろう。

それを羽川に耳打ちした。

羽川は里見博士に任意同行を求めた。そして病原微生物・気密室に出入り自由な、すべての職員の住所録をコピーすると、里見を連れて警視庁に戻った。後で徹底的に須賀政善との交遊関係を調べるつもりだ。この住所録の中に須賀政善と共にエボラを盗み出した犯人がいると睨んだ。

その後の調査で里見は嘘を言っていないと分かった。その日のその時刻にアリバイが見付かったのだ。つまり、里見のカードを無断で使い、密閉室に入った人物がいるという事だ。更には須賀が以前、密閉室に入った事があるという事が分かった。石田研究員が一緒に入った事を申し出たのだ。


テレビ取り引きから2週間が経った。その後はハミングバードは何も言ってこない。近い内に必ず、残りの17億円の取り引きを示唆してくると警察はよんでいた。

そして衛生会社をしらみつぶしにあたった処、秩父市の㈱丸九（まるきゅう）商事の従業員の中に、前科を持つ者が二人いた。一人は強盗傷害罪で、もう一人は誘拐未遂罪だった。しかも誘拐のほうは、救急隊員に化けた犯人と細い目がそっくりだった。

さらに三人目の小松茂雄という怪しい人物もいた。彼は元カルト教団員で、東大法学部中退という経歴を持っていた。

ハミングバードにはかなりの切れ者がいるという観点と、地理を知り抜いているという事から、その三人に疑いを強めた。しかしここにもネックが存在した。エボラとの関連が見いだせなかった。須賀との関係を調べる必要があった。

警察は三人を泳がせ、シッポを出すのを待った。

そして事件の影に、例に漏れずに女が浮上してきた。例の聖子の物と似た服は寄居町のエルールという大型ショッピングセンターでいくつかの服と一緒に買ったという事が分かった。店員によると身長170弱、年齢三十前後、帽子と薄茶色のサングラスをしていたので、はっきりと顔の特徴は分からなかったが、かなりの美人に見えたという事だった。

プリンターのほうは約八千台に絞られたが、まだまだ時間がかかりそうである。

そしてテレビスタッフと田川聖子の交遊関係、共通した出入り業者などからは、怪しい人物は上がってこなかった。

本部は丸九商事の従業員と、友愛製薬の研究員、それと須賀のダイイング・メッセージなどから黒金組、更には須賀の昔の暴走族仲間に絞り、本格的な調査を行っていった。

4

男の左の掌に、白い小さな錠剤が山盛りになっている。

数にして、三十粒はあるだろう。

山が崩れた。男が握り締めたのだ。

何粒もの白い錠剤が、指の隙間からこぼれ落ちた。

じっと、男は拳を見つめた。

——これを飲めば楽になる。

これから行なおうとしている恐ろしい事と比べれば、〝死の恐怖〟も大した事ではないような気がした。

——もう今からでは引き返せない。逃げ道は死ぬ事しか残されていない。

妻はあれから床に伏したままだ。借金の返済は殆ど終わっていた。それに今加入している保険会社では3年経過していれば、自殺でも保険金は丸々おりると聞いている。妻と子も、今後の生活には困らないだろう。

男は右手で水の入ったコップを掲げた。

今度はコップを、じっと見つめ始めた。

コップの水を通して、黒いレザーソファーの上に乗ったピンク色が映った。

突然、男はすすり泣きをはじめた。

――助けてくれ！　わたしを！

すくっと、男は立ち上がった。

次の瞬間、コップが指から滑り落ちた。宙に水滴を撒き散らしながら、床に衝突した。重く、そして甲高い激突音と共に水が飛散した。

その後に、沢山の錠剤がパラパラと散乱した。

男は跪くと、黒いソファーの上のピンク色を慈しむように両手で包んだ。

それは小さな小さな靴下だった。

――わたしの命ならいつでも捧げられる。――子供だけは、………。あの子だけは…………

5

国友班員と佐々木局長は第一都庁舎の25Fの大会議場にいた。26～28Fに勤務している衛生局員全員を集め、エボラの講義をしているのだ。ここのところ連日、都内の保健所などを回っていた。

もう後数分で40分のビデオが終わる。佐々木局長は電話に行ったまま戻ってこない。国友は萌に講義を言い付けた。

「えっ⁉　私できません」

「そんな事でどうする。昨日も一昨日も側で見てたじゃないか」

萌はぎこちない足取りで一段高いステージに登った。総勢6百人が注目している。萌は赤面し、耳まで赤くなった。中央の大きなテーブルの前に立った。クルッと会場を見回した。千二百の瞳が、萌の一挙一動を見逃すまいと見つめている。足が震えた。(アー　エー) ロを開けても声が出ない。――パニック寸前だった。

「萌さんガンバ‼」

最後尾にいる男が大声を出した。

「俺に説明した時のようにすればいいんだよ‼」

そして男は立ち上がり、両手を振った。羽川だった。羽川は白い歯を見せ、手を振り続けている。

萌の表情に微笑が、そして余裕が生まれた。

「特殊疫病科の宇佐見萌です。よろしくお願いします」

羽川に続いて大きな柏手が生まれた。

「エー　今ビデオを見ていただいたように、ウィルスはリケッチアと同様に人工培養が不可能で、生きた細胞の中でしか増殖できません…………」

羽川が国友の横にやってきた。

「すみません。お騒がせしまして」

「いや、君が声を出さなかったら、私が出してたよ」

笑みを交わした。国友はこの実直な青年に好意を持ち始めていた。

「ところでどうしてここに？」

「国友さんの居所を、センターに問い合わせました」

急に声をひそめた。

「友愛製薬の微生物室室長（キューリ）が吐きました」

「なにをだね？」

「盗まれていたことを」

「やはり」国友は軽くうなずいた。「で、協力者は？」

「出てきません。しかし妙なんですよ」

「なにがだね？」

「社長に隠すように言われたそうです」

国友は眉間に皺を寄せた。(どういう事なんだ？社長が共犯？まさか!?……じゃ、誰かが社長に教えた？)

「……社長のところにも、脅迫状が届いていたのかね？」

「さすがです。その通りです。……一つ聞きたいのですが、須賀政善（ガス）が感染した日はいつですか？」

「ウーン。潜伏期間は平均すると1週間だが、かなり個人差がでる。早くて2日、遅い人は20日にもなる。彼の場合は、入院したのが8月11日だった。つまり、7月22日から8月9日の間としか言えない」

羽川は深くうなずいた。

「では、伊豆大島は？」

「須賀と同時期ですね。少し後かも知れない」

羽川は礼を言うと、出て行った。

友愛製薬の友利社長は全て話していた。

8月2日未明に、直接、自宅のポストに下記の脅迫状が投げ込まれていたという事だった。

友利義秀社長殿へ

お前のガキより大事な物を、友愛製薬の完全密閉室から預かってる。
『エボラ・ウィルス』だよ！
日本を全滅できるだけの量を、たった8千万円と交換してやるよ。
余分な事しやがれば遠慮なくばら撒く。
金をすぐに用意しておけ。詳しい取り引き方法は後で連絡する。

ハミングバードより

——これはガスとヒロシが新聞や雑誌の活字を使い、苦労して完成させたものだった。
友利義秀社長によると、エボラの有無を半信半疑で微生物室室長（キューリ）に調べさせた。盗まれていた事が分かった。愕然とした。ばら撒かれたら大変な事になる。それに盗まれていた事が公になるだけで会社にとっては打撃になる。こちらの手落ちはまのがれない。営業停止位では済まないだろう。折角軌道に乗ってきた抗菌剤の研究にも支障をきたす。などなどと考え、取りあえずキューリに、クビと引き替えに口止めと偽装工作を指示した。キューリはそれに従った。

そして2通目の脅迫状がきた。8月22日夜0時に一人で小金井カントリー・クラブの駐車場に来い、とあり、友利は一人で8千万を持って出掛けた。そして金とエボラを交換してきた。しかしエボラのビンはただの水だった。まんまと騙されたという事だった。そしてその脅迫状は焼き捨てた、という事だった。

証言を裏付けるものは、銀行から実際8月19日に8千万が引き落とされていた事だけだった。現在、1通目の脅迫状の文体や用紙などは鑑定中である。

羽川は証言に疑問を持った。

何故なら、まず2通目の脅迫状だけ焼き捨てたというのが腑に落ちない。何か都合の悪い事が書かれていたとも想像できる。

更には、身の代金は8千万という高額だ。一日長くなるだけで利子が付く。つまり、直前に引き出すのが普通ではないか?……となると実際の取り引きは、友利の証言する8月22日より前だったのではないか。8月21日に黒金組々員と中道弘が隅田川に浮かんでいたのが発見された。実際の現場はその1Km上流の廃倉庫の前で、犯行は前の晩の23時30分から0時30分の間と断定されている。推理が合っているとすると、その『隅田川殺人事件』との関わりが浮上する。つまり友利を強請っていたのは、黒金組の藤堂元若頭だった。しかし取り引き場所で、逆に誰かに殺され、8千万とエボラを奪われた。その誰かが、ハミングバードだろう。

国友は誰もいない自宅にいた。

いつもより広く感じられた。喜美子も昌平も千絵もあの晩から帰ってこない。あれから一週間が経っていた。向こうの親には簡単に事情を説明しておいたが、喜美子からの連絡はない。待つ身の辛さが分かった。前の道に車の音がすると、帰ってきたのでは？　と、耳を澄ませた。喜美子の名を呼んでから、いない事に気付く事も度々あった。うるさいと思った事も何度もあったが、いなくなって空気のようになくてはならないものだという事も、深く愛していた事も痛感した。昌平や千絵に至っては、自分の体の一部を失ったような虚無感に苛まれた。

例の丸九商事（※衛生会社）の怪しい三人組の追跡捜査は行われていたが、ハミングバードに通じるような動きは見られなかった。それに誘拐未遂罪と元カルトにはアリバイが見付かった。警察は崩そうと躍起になったが、アリバイはかたいものだった。さらにはエボラとのつながりもどうしても見付からなかった。須賀との関係も同様だった。――ではいったい、次亜塩素酸カルシウム（高度サラシ粉）の謎は？

そして友利社長のところにきた脅迫文の鑑定結果が出た。文体も用紙も別という事が分かった。つまり都知事の所にきた物とは別の人物による可能性が高い。

羽川は益々友利社長と『隅田川殺人事件』との関わりに疑いを深めた。


その後、羽川は独りで友利宅に乗り込んだ。

淡青緑色の大谷石の高い塀に囲まれた邸宅だった。広いひろい庭の奥に大きく豪華な3階建の洋館が小さく見える。そしてその右隣に古い2階建の洋館が見える。正門から館までは60メートルはあった。左手に広がる芝生の庭には大きなゴルフの練習用ネットと、15メートルプールまであった。

友利社長は3階建の館の2階の書斎にいた。積まれた書類に目を通している処のようだった。そして秘書と名乗る三十代前半に見える堂々たる体格の男が傍らにいた。

羽川は友利と面識があったので、早速用件を切り出した。8月20日の夜の行動を根掘り葉掘り質問した。

友利は少しも動じる様子も見せずに、りっぱな口髭を撫ぜながら、具体的な店名から付いていたホステスの名まで上げ、22時30分から0時30分の間銀座で飲んでいたと言った。

羽川はその足でアリバイ確認に行った。確かに銀座の鹿鳴館というバーで8月20日の22時30分から0時30分の間いた事が分かった。――見事すぎるアリバイだった。

更には8月22日に取り引きがあったと主張する友利の後押しをする目撃者が現われた。その日の24時に小金井カントリー・クラブの研修生二人が、駐車場でヘッドライトの中で一人佇む友利と思われる人物を見ていたのだ。

しかし羽川は、それらに何の効力があるのだと思った。

はじめから藤堂達を亡き者にするのが目的なら、友利は現場に行ってなかったと想像できる。それにカントリー・クラブには目撃者作りに行ったとも邪推できる。

拳銃不法所持で拘留されていた黒金組の組員の一人がやっと歌った。

7月31日深夜に須賀のアパートからエボラを盗んだ。その後の行方は藤堂が組長にも知らせず内緒で管理していたので知らないが、おそらく藤堂が殺された時に奪われたのだろう、という事だった。そして、ともらい合戦の準備をしていたと自供した。

ヤクザは〝舐められる〟のを一番嫌う。報復しない事はその〝舐められる〟に相当する。そのターゲットは、利権争いをしていた山代(やましろ)組だった。これで黒金組事務所を家宅捜査した時に出てきた沢山の拳銃の説明が付く。

プロジェクト・サイレントイーグル本部は、稲山会系暴力団山代組が、8月20日に藤堂達を殺し、8千万とエボラを奪った可能性がある（＊名目は銃刀法違反容疑）として、総動員で山代組にガサ入れを敢行した。

銃刀法違反は成立した。しかし『隅田川殺人事件』で使われたであろう銃は発見されなかった。（※残された多量の銃弾から、ドイツ製全自動射撃銃　H&K〈ヘッケラーアンドコック〉7・62口径と断定されていた）。その銃は全自動射撃（フルオートマチックファイアリング）が可能で、引き金を引きっぱなしにすれば弾倉の尽きるまで連射できる代物である。その時、藤堂を含め5人全員で、約120発を被弾していた。

そしてハミングバードに関連した物も、ワープロも、エボラも見付からなかった。

テレビ公開取り引きから3週間が経った。まだハミングバードは何も言ってこない。本部は焦ってきていた。有力な証拠は上がってこないし、いつエボラがばら撒かれるか分からない状況にある。それに事件が長引く事は、ハミングバードが義賊のような評価を受ける可能性もあった。益々捜査がやり憎くなる。

現に、いくつかの週刊誌では、『ハミングバードが演出した華麗な白日夢』。『マスメデアア・ジャックが警察ジャック』などというタイトルで、一滴の血も流さず、テレビ中継という過酷な条件の元で警察を煙にまいたハミングバードに脱帽！というような無責任な、英雄視した記事もみられた。

（何故⁉　言ってこない）

羽川もハミングバードの真意が分からなかった。このままでは宝（※エボラ）の持ち腐れになるのでは………？

退院してきた相沢と、本部とは別に表を作ってみた。

7／23　：　友愛製薬からエボラ盗まれる　（須賀、中道、X）
7／28〜7／31《8／6》：　須賀政善感染
7／31　：　エボラ、黒金組の藤堂に渡る
8／2　：　友愛製薬社長に脅迫状（相手は、藤堂？）
7／31〜8／10　：　大島にエボラ撒かれる
8／6　：　都知事に1通目の脅迫状［現存しない］
8／11　：　須賀入院　（区立中野病院）

8／14：都知事に2通目の脅迫状
8／16：友愛社長に、2通目の脅迫状［現存しない］
8／18：大島　エボラによる感染ということが発覚
8／19：須賀死亡
8／20：都知事に3通目の脅迫状
同日：藤堂と友愛製薬社長　取り引きか？
同日：藤堂と子分、（ハミング？）に殺され、エボラ奪？
8／21：中道弘と藤堂たちの遺体上る
8／26：都知事テレビ発表
8／29：都知事に4通目の脅迫状
9／2：黒金組に家宅捜査…馳若頭以外の幹部逮捕…有力証言得られず
9／7：テレビ取り引き（3億奪）
9／8：国友、友愛製薬に行く。帰り襲われる
9／17：国友と羽川、友愛製薬に行く
9／23：黒金組々員の自供…一時、藤堂エボラ所有
9／25：山代組に家宅捜査敢行（シロの可能性　大）

7

国友は真っ暗な家に帰ってきた。

自分で電気をつける度に虚しさが込み上げる。最近は仕事にももう一つ熱が入らない。やっと、仕事の為に仕事をしているのではなく、誰の為という事か分かった。生き甲斐の正体というものも分かった。

電話に目をやると、一枚のファックスが入っていた。

〈昌平はこちらの学校に転入させます〉

（えっ⁉　本気なのか）

まわりが暗転し、フッと力が抜けた。その場に座り込んだ。機関銃を撃ち込まれたとき以上の動揺が走った。

（生き甲斐が⁉　私の生き甲斐が⁉）

気を取り直し、電話をかけた。

「頼む。家族を大切にするよう心掛けるから、帰ってきてくれ！」

「………私たちより大切な人がいるでしょ。その人を大切にしたら」

「なに言ってんだ⁉…そんな人はいない」

「私に言わせるの!?……萌さんよ」

「彼女とは何でもない！　ただの部下だよ」

「なら、証明してよ」

「………」

「ほらっ無理でしょ。……帰るつもりはないわ」

「電話でどうやって証明できるんだ」

「そうやって、いつまでもごまかしてなさい」

電話は切られた。

（やっぱり萌の事を疑ってたのか!?……）

「勝手にしろ！」

電話に毒づいた。

――殆どの破局はつまらない食い違いから生まれる事を、国友は知らなかった。


その直後に電話が鳴り響いた。

（ウッ!?　考え直してくれたのか）受話器を取った。

「夜分すまん」

佐々木局長だった。

「何事ですか？」

「エボラが出た」


国友はセンターに駆けつけた。着いた時は3人だったが、他の病院からエボラと診断された患者がぞくぞくと担ぎ込まれ、アッという間に増えていった。伝染病々棟は担架が行き交い戦場のようだった。

一様に高熱と酷い腹痛、背痛を訴え、独特の皮下出血もみられ、潜伏期間の終わったエボラと思われた。

既に17人が収容された。全ての患者が都庁勤務だった。ハミングバードが都庁舎にばら撒いたと想像できた。これからも増え続ける事態が、大流行の前兆が考えられた。ただ一つの救いはワクチンがどうにか間にあった事だ。（※但し発病後の効果は確立していない）。取りあえずワクチンとファビラ（※インフルエンザ治療薬）、それに輸血での治療が行なわれた。


佐々木局長と国友、細沼、大久保チーフ班は会議室に集合した。

今度はウィルスが確定している為、血小板、プロトロンビン時間、ＦＤＡ（フィブリン分解産物）の検査値に留意し、ＤＩＣ（播種性血管内凝固）の合併が推測されるならばすぐに担当医に連絡。などという綿密な指示が言い渡された。軽口も出ない緊張した会議だった。皆ことの重大性を知っていた。

一人に対して二、三人の患者が当てられ、生存徴候と現症歴はもちろん、ここ2週間の食事、行動、動物との接触に絞り、質問が始められた。

既に12時をまわっていた。とても、二、三人の患者では済まなかったのだ。次々と運び込まれ、56名に増えていた。

くたくたになり、会議室に戻った時は午前3時だった。国友はひとり残り、調べた事をコンピューターに入れていった。

データを取り出したが、不思議な事に共通項が見付からなかった。

第一庁舎の３２Ｆにある社員食堂を利用している人が殆どだったが、62％だ。残りは外のレストラン、第二庁舎の社員食堂、手作りの弁当と様々だった。水は一度煮沸している物を使っていた。これは徹底するよう繰り返し指導していた事だ。動物との接点も見付からなかった。ただ一つ93％の人が衛生局の職員だった。

国友は溜め息をついた。——なんて事だ⁉　6日前にエボラの講義をしたばかりの所だ。気が付くと、外は眩しい陽光に覆われていた。

その日は更に拍車が掛かった。午後3時現在で138人に増えていた。衛生局のある第一本庁舎は朝から隔離が施行された。

国友はセンター内で2時間ほど仮眠をとった後、患者の問診にデータの入力、分析と忙しく動きまわっていたが、今は班員と共に特殊疫病科の会議室にいる。

「萌くん、君の考えは？」と、こめかみに手を置いた国友が言った。

「すみません。想像もつきません。食事の場所も内容も、行動にも共通項は見当たりません。しいて上げれば、ダニ位です」

「それはないでしょう。マニュアル通り一週間ごとにくん煙剤を使用してたそうですから」

二階堂が言った。

「でも、作為的に撒かれたとしたら、一週間に一度のくん煙では完璧とは言えないと思います」と、すかさず萌が言った。

二階堂はデータをめくった。職業別という項目を指差した。

「これを見てください」

全て都庁職員とその家族で締められていた。局別の欄は衛生局職員93%、生活文化局5%、残りが労働経済局と総務局だった。

「ダニが宿主なら、契約してる清掃会社の社員に一人の犠牲者も出てないのはおかしいと思います」

「あっ」萌は大きな眼を見開いた。「そう言えば、そうね」

「うん。可能性は少ないが、それは一応調べてみることにして、二階堂くんの考えは?」

「屋上の貯水曹は12に分かれていて、衛生局のある26階から28階は共通してます。僕はその貯水曹にエボラを入れた可能性があると思います」

「…残念ながらその線はない」と国友が言った。

「どうしてですか?」と、二階堂は体を乗り出した。

「貯水曹の容積は約500リットルという事だ。これだけの量の中では希釈され、感染力はなくなる。そして最後には死滅してしまう」

「それにかならず煮沸してから飲んでたと言ってました」と萌が言った。

「ウーン」二階堂は顔をしかめ、ノートに眼を移した。「では、かなりの職員が冷蔵庫で冷やした麦茶を飲んだと言ってましたが、そのポットに入れたというのは?」

「私もそれが気になった」国友はコンピューターに向かった。プッシュした。『冷麦茶』という項目が現われ、飲んだ人の名前が浮かんできた。「これを聞いたのは、138人中96人だったが、内48名だけだった。全てが第一感染者と推測できるので、それも考えにくい」

しばらくの沈黙の後、萌が手を叩いた。

「シャム猫を3匹持ち込んだ人がいました！」

「それは3週間前の9月1日だ。確かに3週間前までは考えられるが、3週間待って同時に発病する確率は天文学的数字になる」と相変わらず、こめかみに手を置いたままの国友が言った。――さっきから頭痛がしているのだ。

結局、会議は不毛に終わった。


共通項も見い出せないまま国友班は衛生局に行った。

空調機器のフィルターに付着している埃や塵（ダスト）を採取した。更にクリーナーを使い部屋の隅々から埃や塵を集めた。

その中からマダニ、ワクモ、ハダニなど9種類のダニ目に属する節足動物が見付かった。しかし結果は、全てシロだった。

午後7時には感染者は181人になり、もうセンターは満杯になっていた。都立新宿病院に至急ベッドを開けさせ、まわした。

8

翌朝8時30分。羽川は相沢と覆面パトカーに乗っていた。朝一番で墨田都知事宅を訪問した帰りだった。

羽川は予告も取り引きもなしに大量の感染者が出た事で、一つの推論を出していた。――ハミングバードの手の内のエボラはもう底を打ったと思われる。――つまりもう取り引きするつもりが彼らにはないのかも知れない。――彼らは既に身代金を受け取っている。

対策本部で一部の人が噂しているように、犯人が金の受け取りを諦めた結果とは考えられなかった。何故なら、脅迫状や〝テレビ取り引き〟を考察しただけでも、老獪で頭の切れる犯人という事は分かる。彼らが〝お騒がせ〟や自棄で、意味もなく都庁舎にエボラをばら撒いたとは考えにくい。都庁舎は犯人側にとって最も危険な場所と思える。あの日以来24時間体制で警官の見回りや、私服刑事の張り込みが続いていたのだ。その危険をおしてまで強行したのだ。何か強い意図を感じずにはいられなかった。

羽川は金の受け取り方法として、僅かな可能性を考え、都知事に体当たりしてきたのだ。

その僅かな可能性とは、都知事が新たにきた脅迫状に従い、都民の安全を考え、内密に身の代金を指定された口座に振り込んだという事だ。そしてハミングバードは金を受け取ると、自分たちに一番安全な方法を選択した。それは約束を破り、エボラをばら撒く事だ。甚大な被害が、それも都知事の足元の庁舎から出れば、……自分の愚かな選択を公表できなくなる。被害届けが出されなければ、少なくとも身の代金に関しては完全犯罪になる。犯人の思惑通りという事になる。

羽川達は知事本人には会えなかったが、第一秘書の平沼慎太郎と会う事ができた。

——平沼を追究した。

彼は広い額に皺を寄せると、「そういう事実は絶対にありません。知事は公明正大な方です」と断言した。

「では、新たな脅迫状も来てないのですね?」

「もちろんです。来ていれば、今まで通り公表してます。それにこの問題は国に預けました。知事はたんなる窓口にしかすぎません」

「すみません。例え僅かな可能性でも調べる必要を感じまして」

「失礼な。僅かな可能性もありませんよ！」

平沼の丸顔が赤く変わった。そして立ち上がった。

「根も葉もない事にこれ以上関わってる暇はない。お帰り下さい」

「取り付く島もなかったな」と、羽川がハンドルを切りながら言った。

「あぁ、役者の違いを思い知らされたよ」

「どう思う？　平沼秘書は本当の事を言ってると思うか？」

「うーん、俺はあの目は嘘をついてるとは思えなかった。おまえはどうだ？」と相沢が羽川の顔を覗き込んだ。

「うん。俺も勇み足だったかもと思ってる」と、羽川は遠くを見つめるような眼をした。

「都知事はともかく、あの犯人が指定した口座に、張り込まれてたら万事休すな所にノコノコと現われなければならない、まぬけな方法はとらなかったかもな」

「そうだな。〝出し子〟を使うとしても、口座は分かってる。銀行と警察が協力すれば、無事に金が手に入る可能性は少ない」

——羽川は犯人が既に身の代金を受け取っているという考えは変わらなかったが、その方法が皆目わからなくなっていた。——どうやって？——考えを巡らせた。

しばらく沈黙が続いた。

突然、声が流れてきた。相沢がラジオのスイッチを入れたのだ。

〈第一本庁舎だけでなく、第二本庁舎、都議会議事堂も閉鎖されました。これで都庁舎全体が閉鎖されたわけです。都庁業務は無期限の停止に入りました。影響や混乱が予想されますが、非常事態ですので、ご協力をお願いします。そして都立新宿病院と国立伝染病センターに通じる幹線道は引き続き交通閉鎖が施行されています。明治通りや大久保通りをご利用の方は迂回をお願い致します。なお大量の感染者が出た都庁職員は順次、国立伝染病センターに集められ、ワクチン接種が行なわれています。

たった今届いた情報によりますと、エボラウィルス感染患者総数は244名になりました。東京都以外の患者は愛知県に1名、神奈川県に22名、千葉県に17名、埼玉県に18名、茨城県に2名、そして福岡県に3名……〉

「昨夜の会議で181人と言ってたから、一晩で、…63人も増えたという事になるのか」と、相沢が呆れたように言った。

「うん」羽川は一回溜め息を吐いた。「恐ろしいな。一昨日は56人だった」

「このままのペースでいくと、……」と、相沢は電卓を取り出した。「……一日で大体3・2倍に増えてるから、都民全体が感染するのに、……えっ⁉　十日かからない計算になる」

「まぁそれはないだろう。あったら困る。空気感染はしないし、3次、4次感染者からは毒性が低下するというから、1次感染者の隔離が成功すれば、沈静化できると思うよ？」

「だが感染源も分かってないそうじゃないか。となると、1次感染者が今後も増える可能性が否定できない」

「……そうだな」

ふーっと、羽川は再び溜め息を吐いた。

ラジオは歌謡曲を流し始め、二人はまた沈黙に入った。

感染患者数は287人に膨れ上がり、初めて北海道の患者が2名報告された。

尚、都庁職員のワクチン接種は順調に進み、八割方は終わったが、ワクチンが底を突いてしまった。残りの人は免疫活性剤とファビラ（※インフルエンザ治療薬）の投与に変更を余儀無くされていた。

まだ感染源はつきとめられない。相変わらず共通項は衛生局のスタッフが多くを占めているというだけだった。

国友の心には、大島と中野のように結局原因不明のまま終わってしまうのでは？という危惧が生まれたが、今回はそれは許されない。遅れる事は、東京の機能が麻痺する事につながる。

国友達の手に東京の、いや、日本の運命がかかっているのだ。

9

羽川と相沢が喫茶店にいた。相沢は新聞を黙々と読んでいる。羽川はコーヒーカップを掴んだままテーブルを睨んでいる。テーブルの上には自分達で作成した例の表と、食べ終わったモーニングの皿が置いてある。

表には、

『9／29　：　エボラ感染発覚、56人』
『9／30　：　181人感染、全て東京都職員達』
『10／1　：　287人、日本各地で陽性患者確認』

と新しく書き加えてあった。

羽川は3日前からずっと取り引き方法を考えていた。霧の向こうで犯人が取り引きをしている姿が見えるのだが、濃い霧は一向に晴れてくれなかった。

相沢が表を引き寄せた。『10／2　：　379人の感染患者』と書き加えた。

羽川は相沢の置いた新聞を手に取った。『感染列島（日本中で感染者同時発生）』という見出しの文を読み始めた。

〈国立伝染病センターと都立新宿病院には次々とエボラ患者が搬送され、現在感染者は379名に膨れ上がっている。北海道では感染患者が6名増え、総患者数は8名になり、福岡県では感染患者が11名増え、総患者数は20名に、大阪では9名増え、総患者数18名、静岡県は10名増え、総患者数21名になりました。都庁舎の閉鎖は3日目に入り、各分野で深刻な影響が出始めている。業務再開の目途はたっていません。隣接するホテル、デパートは休業になりました。神奈川県の感染患者の一人が小学校の教員という事が判明し、その小学校は無期限の休校に入りました。そして七越デパートの商品統括部長（ゼネラルマーチャンダイザー）が陽性患者と判明し、多数の濃厚接触者が存在した為に銀座の七越デパートは無期限の休業となりました。更に3名のスタッフが陽性と確定した千葉県の大型テーマパークは約1カ月の期間の休園を発表しました。このまま感染源が究明されない場合には、内閣総理大臣サイドは『非常事態宣言』の布告の検討に入る可能性を示唆………〉

「まずい⁉　このままだと国友さん達の立場が危うい」と、羽川が相沢に向かって紙面を指差した。

「うん。俺も読んだ。そうだよな、感染源の究明は国友班の仕事だったよな」

「うん」

「…でも、我々にはどうする事もできない」

「…そうだよな」

羽川は新聞に目を戻し、暗い気持ちでページをめくった。全ての見出しを読んだ。またページをめくった。

手が止まった。

それは商況面だった。食い入るように読み出した。

「これだ!!」

唐突な大声に、店内の視線が集まった。

「おい」と、相沢が窘めるように言った。

「悪い、わるい。証拠を集めるまで何とも言えないが、……犯人のやり口が分かった」

「えっ⁉　何だ！」

相沢は大声を出した。再び店内の視線が集中した。

「お前こそ」と、言って羽川は口の前に指を立てた。

「すまん」

「耳を貸せ」

耳打ちをする羽川の心臓は破裂せんばかりに高鳴っている。犯人の正体と、身の代金の受け取り方法に決定的とも思えるヒントを掴んだのだ。

「おまえは天才だ」と、相沢は羽川の肩を叩いた。

二人は状況証拠を集める為、街に飛び出していった。

国友はウィルス科の桜井を尋ねた。

「どうした？　青い顔をして」と桜井はいつも通りの笑顔を見せた。

「青い顔にもなるよ。四百人近い犠牲者を出しながら、いまだに感染源すら分かってない。チーフ失格だな」と、悲しい笑みを浮かべた。

「ちゃんと寝てんのか？」

「うん。きのうは3時間寝られた」

「そんなことじゃ、いい考えも浮かばないぞ」

「時間がないんだよ」と国友は悲痛な顔をした。

――国友班は共通項を見付けられぬまま闇雲に、衛生局の冷蔵庫から残っている食品、生ゴミ箱から残飯、そして32Fの社員食堂に保管されている食品、まな板、ふきん、ウォーター・クーラー内とフードに付いている水滴などなど、考えられるありとあらゆる物を調査していたが、全て無駄骨に終わっていた。――

桜井は国友の狼狽した顔を初めて見た気がした。背中をポンと叩いた。

「コーヒーでも飲んでけ。俺がうまいのを入れてやる」

「ありがとう。それよりこれを見て、専門家の意見を聞かせてくれ」

分厚いレポートを、桜井の手に渡した。桜井は斜めに凄いスピードで読み始めた。

「どうだ？」

「分からん」と、首を振った。「大体お前に分からん事を俺が分かるか？」

「真面目に答えてくれ。こっちは真剣なんだ」

「少し時間をくれ、俺なりに研究してみる」

「お願いするよ」

次の瞬間、フラッと立ち眩みがし、国友は後ろの実験台に手を着いた。

「オイ！　研究中だ、それに触れるなよ」

「すまない。……で、何の研究だ？」

実験台の上には、ただの水と思える物、高野豆腐、フランスパン、カシューナッツ、新聞紙、表裏のスマートフォンが各々3個ずつシャーレ状のガラス皿に置いてある。

「これらには無毒化したポリオ・ウィルスが撒かれている。日常空間の埃と空中落下菌の降り注ぐ中で、どの物質に最も生存期間が長いか、新人に調べさせてる」

「どれなんだ？」

「お前はどれだと思う？」

「ウーン。ウィルスが繁殖できない点では共通してるよな」

　桜井は優しい眼でうなずいた。

「……やっぱり豆腐かな」

「それが、意外なんだ。スマートフォンだった」

「えっ⁉　ほんとか？」

「硬くて表面が滑らかな方が感染力を維持したまま生存する。これは二十回の実験によって確かめられた」

「…何故だ？」

「推測だが、ウィルスの敵は人間でも薬でもない。同じ生活権を持つ細菌達だ。つまり空中落下菌の繁殖し憎い、硬い物質で出来てるスマホだと俺は想像する。まぁ近い将来、明解が出されるだろう」

「…なるほど」

　国友の落ち窪んだ眼に一筋の光が現われた。

「ありがとう。凄い参考になった」と言うと、国友は駆け出した。そしてドアの前で振り返った。

「あっ、レポートは保留にしといて」

「オイ！　何が分かったんだよ」

青い防御服の国友が大きなアイスボックスを肩に担ぎ、愛車に乗り込んだ。一人で都庁舎に向かった。

途中、交通閉鎖の関門にあった。身分証明書を見せ、訪問目的を告げて通過した。都庁舎にもう少しという所で、再びロープと大勢の制服警官に行く手を阻まれた。その更に内側にもロープが張られ、白衣の男たちが巡回していた。その度に国友は身分証明書を提示し、訪問目的を記帳した。そして最後に入口に陣取っている防御服に許可をもらい、やっと第一本庁舎内に辿り着いた。

エレベーターで真っ直ぐ27Ｆに昇った。衛生局に入り、広すぎる無人の室内を見回した。中央付近のデスクに歩んだ。アイスボックスを肩から下ろすと、中からビニールでコーティングされた白い袋を取り出した。それに右手を突っ込み、ペンチを掴み出した。

左手で受話器を持った。

――何を思ったのか、受話器のコードを切った。

そしてその受話器をポリエチレンの袋で二重に包み、密閉してデスクの上に置いた。

更に無作為にいくつかの電話を選び、切断し、同じようにしてデスクに置いていった。

バケツに水を張った。その中に直径3チセン位の白い錠剤を3粒入れ、攪拌棒で攪拌した。そしてその中に袋に入った受話器を、トングのような道具を使い、ゆっくりと漬けていった。次に28Fに上がると、同じ過程を繰り返した。

漬けておいた袋を順次アイスボックスに移した。ボックスは一杯になった。

国友はセンターに戻った。そしてそれらをウィルス科に持ち込んだ。

28分後には結論が出た。桜井達が最優先で調べてくれたのだ。

「驚いた、通話口に干からびたエボラの基質タンパク質の層が発見できたよ」と、桜井が驚嘆したように言った。

国友は安堵の溜め息をついた。やっと感染源が分かったのだ。

その後、国友班は都庁に行き、衛生局の全ての電話を持ち帰った。

いま国友班はエレベーターの前に積まれた発泡スチロールの箱を特殊疫病科の準備室に運び込んでいる。最後の汗を流している。その箱の中には都庁から持ち帰った沢山の電話機が入っているのだ。

その時、階段から白い防御服の二人の男が現われた。羽川と相沢だった。

「手伝います！」と大声で言うと、返事も待たずに、二人は箱を運び始めた。

国友は微苦笑すると、「まぁいいか。もう感染力はないし」と、独り言のように言った。

二人の力持ちの加入によって、箱は見る間に片付いていった。作業中、何度も弾んだ声が聞こえた。ほんの数時間前まで覆われていた重苦しさが嘘のように消えていた。

国友が最後の箱を待った。羽川がすかさず手を貸した。

「ちょっと聞きたいことがあるんですが？」

「なんだね」

「今回の大量感染で、ハミングの手持ちは底をついたと考えていいんでしょうか？」

羽川はそれを前提にして都知事秘書に体当たりしてきたが、少々早計気味だったと認めている。そしてそれを確認する事は羽川にとって重要な事だった。

「うーん。難しい質問だね。例え同じ菌数を使ったとしても、その時の被験者の健康状態、または摂取した量の個人差、それに2次、3次感染の占める割合などによって多大に感染者数は影響されるので、一概には言えないね」

「もう少し、わかりやすくお願いします」

「つまり、不確定要素が多すぎて、どんなウィルス学者でも断定は不可能という事だよ」

「では、学者としてではなく、国友さんの個人的な見解としてはどうですか？」と、羽川は粘った。

国友は、羽川の真剣な眼を見ると、「昨夜の合計で379人の犠牲者を出している。そして更に増え続けている。友愛製薬から盗まれた量を考えると、私個人としては使い切ったと考えているよ」

羽川は頭を下げた。

「すみませんでした。答えにくい質問をしまして」

「うん。だがね、これはあくまでも私個人の考えだからね」

「はい。もちろん国友さんに迷惑かけるつもりはありません」

羽川はニコッと微笑んだ。国友のほうは微苦笑を浮かべた。

そして準備室に最後の箱を置き、帰ろうとしていた羽川の眼に、萌が青いビニールの筒から大きめの白い錠剤を取り出し、水を張った大きなタライ状のポリ容器に入れているのが見えた。(※その錠剤は、先程国友が都庁の衛生局で使った物と同じ物である)

萌は数えながら、それを容器に入れている。

「その錠剤はなに?」

唐突に、羽川が萌の顔を覗き込んだ。

「あっ⁉　びっくりした」萌は大きな眼をさらに見開いた。

「そんなに驚かなくてもいいだろ!? エイリアンにでも見えた」

「ごめんなさい」萌は、ポッと頬を染めた。「これは塩素系の殺菌剤よ」

「ふーん」羽川は深く頷いた。「もしかして、次亜塩素酸カルシウム?」

「そう。よく知ってるわね。次亜塩素酸カルシウムを主成分とした高度サラシ粉よ」

それは犯人の使用した車から発見された証拠品と同じ物と思われた。会議の席でまわされた物と同じと思えた。――それに関しての公表は差し控えられている。特別対策本部に属している者だけのシークレット事項になっている。

「なんでそんな物を?」

「なんでって、それは殺菌力が強力な事と、単価が安いからよ。エタノールの消費税ほどのお金で買えるわ」

羽川は、ボケッと自分の中に入ってしまったかのように佇んだ。萌はその表情を見て、一回首を傾げたが、すぐに作業に戻った。国友と二階堂が羽川をよけるように、先程の箱をその容器の手前に運んだ。そして中からポリエチレンの袋で包まれた電話機を取り出し、その容器の中に入れ始めた。

羽川と相沢はセンターを辞すと、もう一カ所回り、警視庁に戻った。

机にかじりつき、集めてきた状況証拠を元にレポートを作った。

それを小林管理官に提出した。

――――上記の結論に達したのは、こんな理由からである。

テレビを通じて、脅迫文の返事をさせた事。

マスコミを取り引きに同行させた事。

取り引きから既に25日が経過しているが、再度の脅迫状もよこさず、予告もせずに、エボラをばら撒いた事。

10／2現在で、379人もの感染者を出した事などで、ハミングバードの手の内のエボラはもう残っていないと考えられる。……つまりもう取り引きする気が彼らにはないという事と思われる。

これらは何を意味するかというと、ハミングバードはマスコミをフルに利用し、世の中に関心を持たせようというコンセプトがあった。そしてエボラを初めから撒くつもりでいた。

つまり、彼らは目的をほぼ達成し終えたと考えられる。虚を突いた上記の方法で、既に身の代金の残りを受け取っているという事に他ならない。

「なるほどとは思うが、……」と小林管理官は腕を組んだ。「……だが、その管轄は財務省だ」

「調書だけでいいんですけど」と羽川は祈るような眼を向けた。

結局、上が動いてくれ、最終的には財務省が動いてくれた。——ありがたい事に、特別対策本部は総理大臣直轄になっているのだ。

羽川と相沢はハミングバードの正体を確かめるべく、再び街へ飛び出して行った。

3日後、都庁舎の閉鎖が解かれた。徹底的な消毒の後、都民と都庁職員に返された。衛生局以外は、混乱の中にも業務が再開された。それは国友達の努力により、感染源が突き止められたからである。

そして秋田県と岩手県、鳥取県を除く全国各地で感染者は457人という膨大な人数を巻き込んでいたが、ここにきてやっと鈍化の傾向をみせ始めた。速やかな陽性患者達の隔離が功を奏したという専門家の意見もあるが、まだ少しも安心はできない。

羽川達は再び、いくつかの店舗を回って来た。——確信を深めた。

それは証券会社の支店だった。そうである。ハミングの狙いは、世間の関心を集め、株価を操作する事にあったと判断したのだ。

薬を持っているシモンズ・住吉社の株価は、エボラ発覚前は900円前後だったが、発覚後はまさにうなぎ登りに上昇し、テレビ公開取り引きの前日には、実に12倍の10，800円になっていた。その後下降を始めたが、都庁感染からまた上昇して今日は12，300円になっているのだ。何故連日テレビや新聞で報道されていたのに今まで気付かなかったのだろうと、羽川は自分の頭をハンマーで叩きたい気分だった。

そして今、羽川は頼んでおいた調書を小林管理官から受け取った処だ。

それは7月31日から8月18日の間《＊エボラが藤堂の手に渡った日から、大島での感染が発表されるまでの間》に、シモンズ・住吉製薬の株を個人で5万株《約4千5百万円》以上買っている大口取引者を、財務省に動いてもらい、SEC《日本証券取引委員会》に調査してもらったものである。

羽川はSECの調書を胸の前で抱くように両手で持ちながら、暫く自分の席の前に佇んだ。

(この中に犯人がいる!!)

震える指で封を切った。中から折りたたんだ白い紙を取り出した。広げた。5人の該当者がいた。

その中の一人に眼が吸い込まれた。

（まさか⁉　あの人が）

全身が総毛立つような呆気と驚愕に襲われた。

（そんな馬鹿な⁉）

国友の名があったのだ。伝染病センターの国友陽士の名があったのだ。

（何故？…エボラ発覚前に、６万株《約５千４百万円》も⁉）

10

羽川と相沢はある証券会社の店舗にいた。最も大口の取引者を調べに。

それは、黒金組の馳若頭だった。

本人確認書を見せてもらった。運転免許書のコピーがあった。口座を開いていったのは、間違いなく馳本人という事だった。

一回の取引額は大きくはなかったが、回数を分けて合計15万株（約１億５千万円）に膨れ上がっていた。――これは目立ちたくないという事と、株価を急激に上げたくないという配慮からだと思えた。

馳に関しては推理通りだった。――７月31日に須賀から藤堂がエボラを奪ってから、一週間前後には大島にエボラが撒かれていた事になる。そして8月6日に都知事にハミングバードからの一通目の脅迫状が届いている。二通目は8月14日、三通目は8月29日だ。そして、藤堂が殺された日は、8月20日だ。二、三、四通目は同じ文体、ワープロと断定されている。これは同じ人が書いたという事だ。つまりハミングバードは藤堂ではなかったのだ。そしてもちろん、藤堂を殺したと一時期思われていた山代組や、怪しい素性の衛生業の社員達ではなかったという事だ。時期的に、藤堂が須賀からエボラを奪ったのを知っている人でなければならない。つまり身内だ。当然、逃亡している馳新若頭が浮かんでくる。そしてエボラ感染発覚前に大量の株を買っていた。

※(藤堂が組長にも内緒で仕組んだのは、須賀と弘を継いで、友愛製薬を脅した事だけだったと思える)

そして黒金組関係者に感染者が出ていない事や、馳と次亜塩素酸カルシウム(高度サラシ粉)が結び付かない事、それにあと数疑問から、ウィルスの専門家がどうしても消去できない。——それが国友なのか?

覆面パトに乗り込むとすぐに羽川は相沢に言った。

「集合かけて、逮捕するか」

「犯人は分かっても、…これは合法的な取引だ。捕まえようがない」

「取りあえず別件でやるしかないと思ってる」

「どんな名目で？」

「殺人容疑でだ。………藤堂の」

「えっ!?　藤堂を殺したのは馳か？」

「あぁ、現場に残されていた煙草から唾液が分析されてる。銘柄と血液型、それと凶器のＨ＆Ｋ（ヘッケラー・アンド・コック）全自動射撃銃を突き付ければ言い逃れはできないだろう」

「よく馳の煙草の銘柄と血液型を知ってたな」

「銘柄はラークマイルド、血液はＢ。マル暴（組織暴力担当刑事）から聞いといた」

「さすがだ。見直したよ。ＤＮＡは？」

「…分からない」

「じゃ、凶器のＨ＆Ｋは？」

「これは、たぶん…だと思うよ」

「なんだよ。ガクッとくるぜ」

羽川は微苦笑を浮かべた。

「でも、現場から大量の薬莢が見付かってる。Ｈ＆Ｋが発見されれば、同じ物か分かる」

（※銃弾は撃鉄の先の撃針が薬莢（やっきょう）の尻を叩くことで爆発するが、そのとき薬莢に出来る凹みの場所や形状が、銃の個性によって微妙に異なる。これは銃によって個性を持つ為、指紋と同じよう

に個体識別に役立つ)

「よし。ふんじばりにいくか」

羽川は車を発進させた。

「オィ!　でも、いったいどこ行くんだよ?　馳は行方不明だぜ」

「友愛製薬の社長宅に隠れてると思う」

「えっ!?」

「確信は持てないが、当たって砕けろだ」

「オイ、オイ、また都知事宅みたいなのはごめんだぜ」

あの後、秘書の平沼から抗議の電話がかかってきていたのだ。思い付きだけの行動は慎め!という口答での注意だけで済んでいたが、二度目となるとそうはいかないだろう。

「処分が怖いなら、俺ひとりで行くぜ」

「なんの為の相棒だよ」と、相沢が間発入れずに言った。

羽川は、ふっと微笑むと相沢の腿をボンと叩いた。相沢も羽川の胸を軽く叩いた。言葉はいらなかった。バディを組まされた当初はなにかと反発しあっていたが、今回の苦しい経験で、二人は人生の相棒を感じ始めていた。

羽川はハンドルを切り、一方通行に入った。友愛製薬の社長宅に進路を取ったのだ。事情聴取に行っていたので道は知っていた。

「アッ⁉」

相沢が感嘆詞を上げた。

羽川はブレーキを踏み込んだ。少年が物陰から飛び出してきたのだ。間一髪で止まった。

二人は車から飛び降りた。相沢が転んでいる小学低学年生に見える少年を抱えるように立たせた。羽川は少年が放り出したビニールバックを拾いに行った。紺の水泳パンツがバックから飛び出していた。もう水泳のシーズンは終わっていた。たぶんスイミング・スクールに向かう途中なのだろう。

羽川はバックを少年に手渡した。少年は元気に、ありがとうを言うと駆け出そうとした。「ほんとに、大丈夫か⁉」と相沢が声を掛けた。「うん」と、少年は手を振ると、駆けて行った。

二人は安堵の溜め息をつくと、車に乗った。

「さっきまでは確信が持てなかったが、今は自信がある」と、羽川が相沢を見つめた。

「なんのことだ？」

「だから、確実に馳は友愛製薬の社長宅に潜伏してるって事さ」

行き先を変更して、本庁に戻り始めた。

友利社長宅を遠巻きに覆面パトカーが集結した。羽川達の帰属している課員16人が淡青緑の大谷石の塀を囲んだ。――小林直道管理官が動き、馬田明理事官が強引に逮捕状（※銃刀法違反）をとってくれたのだ。

広い芝生の庭に瀟洒な3階建の洋館と、右隣に古い2階建の洋館がある。古い方は数年前まで母屋に使っていた物で、今は3階建に住んでいる。羽川は以前来ていたので知っていた。たぶん馳たちは2階建の方にいると思える。――相手は（テレビ取り引きの際、聖子に掛かってきた電話などから）最低4人はいると分かっている。そして機関銃を持っていると思える。迂闊にはでられない。

羽川と相沢が宅配便の配達員の格好をして小型トラックの荷台から降り立った。羽川は綺麗に包装された大きな長い包みを抱えていた。――中身は折り畳み式梯子だ。

どうどうと正門から入った。

3階建の玄関の呼び鈴を押すと、レースのエプロンをした中年の家政婦が出てきた。静かにという合図をし、手帳をかざした。

「社長は？」

「あ、はい。2階の書斎にいらっしゃいます」

「ひとりですか？」

「いえ、秘書が二人一緒にいます」

「その秘書たちは、一ケ月前ごろ突然雇ったんじゃないですか？」

「えっ⁉　はい。どうしてそれを？」

「その秘書を逮捕に来たのです」と、羽川が言った。

「二人か」と相沢はつぶやくと、大きな玄関の隅に置いてあるゴルフのキャリーバッグから、殆ど使っていないと思われる綺麗な3番アイアンを取り上げた。「すいません、お借りします。あと包装紙とテープを貸して下さい」

「あっはい。暫くお待ち下さい」

家政婦は走るように奥に消え、すぐ戻って来た。相沢は簡単にクラブを包装した。

「その部屋へ案内して下さい」

羽川と相沢は家政婦の後に付いて2階に上がった。そして大きなドアをノックした。

「誰だ？」と若い男の声がした。

「あのーっ　私ですけど？」と家政婦が震える声を出した。

「いいよ。入って来なさい」別な声だった。――友利社長と思える。

家政婦に続いて入った。ソファーに座り、本を見ていた友利が目を上げた。ドアの右手に綿シャツにだらしなくネクタイを締めた男が一人、楢のテーブルの奥に黒シャツが一人。

友利は配達員の格好と壁に立て掛けられた大きな荷物を見て、「印鑑なら、下にあるだろ」

「いえ、実印が必要なんです」

「…何故だ？」

その時、右手の綿シャツの顔に緊張が走った。そして相沢に歩み寄り、無言で襟首に右手を伸ばしてきた。

相沢はその手を払った。

綿シャツは相沢の顔に向かってパンチを打ってきた。

相沢はバックステップでかわした。相沢の背中が壁に当たった。綿シャツは、ニヤと笑うと再び相沢にパンチを打ってきた。次の瞬間、相沢の持っているクラブが真横に流れた。パンチを払うと、返しで綿シャツの鳩尾を正確に抉った。

綿シャツはうずくまった。

――相沢の剣道は師範級なのである。

一方羽川は、分厚い楢のテーブルを足場に高く跳躍していた。

そして黒シャツの顔に蹴りを放った。黒シャツはスエーし、紙一重でかわした。

黒シャツの左手が消えた。頬にフックが飛んできた。顔を流して衝撃を加わした。が、口の中を切っていた。切れのいいパンチだ。

羽川は弾むようにステップをし、間合いをとると、すぐに前蹴りを入れた。黒シャツは左腕で払うと、踏み込み、そのままエルボーを打ってきた。羽川は辛うじて額で受けた。——硬い額で受けることによってダメージを軽減させたのだ。

相手はかなりできると思った。並の身のこなしではない。これまでの攻撃は全て見切られていた。相手の攻撃を待ち、カウンターを狙う事にした。

羽川が意図的に相手の間合いに入ると、すぐに右ストレートが飛んできた。スーと羽川は身を沈め、黒シャツの腹に正拳突きを叩き込んだ。そして前屈みになったところを、延髄に手刀を落とした。

黒シャツは気絶した。

側に来ていた相沢が、後ろ手に手錠を掛けた。

「助けてくれ！」

友利が叫んだ。

羽川は友利の前に歩んだ。そして、「静かに」と言うと、手帳をかざした。「お忘れですか？警視庁の羽川です」

「何だいきなり、それにそんな格好で？」

荒くなった息がりっぱな口髭を震わせた。

「あなた方の安全を確保する為に必要だったのです」

「何を言ってるんだ?」

「馳に逮捕状が出たのです。馳は隣の館ですか?」

「どうしてそれを?」

「ハミングバードの正体が分かったんですよ」

「えっ!?」と友利は眼を見開いた。

どうやら知らなかったようである。

「あなたのかくまっている奴らはハミングバードの片割れなんです。…今は説明してる暇はありません」と、羽川の顔がキリッとしまった。「馳が人質を取っているという事はありませんか?」

「あぁ」

「彼らは銃を持ってます。慎重をきす必要があります。彼らに知られず、全員避難できますか?」

家政婦のおびえた顔に対して、友利はなぜ避難する必要があるのだ?という顔をした。

「どうなんです?」

「裏口からなら、分からないと思います」と家政婦が言った。

「刑事が囲んでますから、匿(かくま)ってもらって下さい」

彼らは出て行った。

羽川は無線で連絡した。友利達の保護と、敵を庭に追い出す、武器を持ってたら、狙撃せよ、と。

羽川は一旦廊下に出て、大きく長い包みを脇に抱えてきた。そして相沢と2階の広いテラスに出た。持ってきたその包みを破り、折り畳み式梯子を取り出した。それを使い、隣の洋館のテラスに橋をかけて移った。大きなフランス窓に手を掛けた。運よく鍵は掛かってなかった。慎重に中に入った。

ポケットからくん煙剤を取り出した。——これはエボラ予防に、パトカーの中までくん煙するよう配られた物だ。

点火させ、廊下に置いた。

煙が勢いよく噴き出した。たちどころに灰色の煙で覆われた。

もう一つも点火させ、階段の途中のロダン風のブロンズ彫刻像の陰に置いた。

「火事だ！」と羽川と相沢は叫んだ。「逃げろ！　火事だ！」

窓から下を見た。

2人の男が飛び出して行った。

駐車場に曲がった所で6、7人の刑事に取り押さえられた。

これで4人だ。——片付いたか？

忍び足で階段を降りた。広いホールを覗いた。

二人の男が玄関方向に向かっている。背中に機関銃を背負い、右手でボストンバッグを持った紺シャツと、両手に大きなバッグを持ったピンストライプ柄だ。おそらく大事そうに持っているバッグの中身は札束だろう。

羽川は足首を柔らかく使い、足音を小さくして紺シャツに走り寄った。そして素早く機関銃側の肩と腕をきめた。

相沢は、ピンストライプにタックルした。ピンストライプは倒れながらも、奇声を上げ、がむしゃらに相沢に向かって蹴りを放った。


羽川は、紺シャツのねじった手に手錠を掛けた。

羽川の首筋に、そのとき、一陣の風が貫き抜けた。

かわし切れなかった。首筋にナイフの切っ先を受けていた。

羽川はクルっと紺シャツと体勢を入れ替え、紺シャツの荷物を盾に使おうとした。紺シャツの胸が抉られた。

もう一人居たのだ。銀縁メガネを掛けた頬に刀傷のある男だった。馳と思われる。

羽川の首で、血が筋をなした。

顔を狙って何度も突きが飛んできた。

見事なナイフさばきだ。

羽川はよけるのが精一杯だった。

ナイフは突然方向を変え、腿を襲った。つなぎがパックリと一文字に裂けた。

次の瞬間、羽川は大理石の灰皿に躓き、倒れた。

銀縁メガネの奥が残酷に光った。

その時、相沢が箒で突きを放った。ナイフでかわされた。

その一瞬の隙に羽川は、相手の膝の皿（膝間接）に踵を打ち込んだ。

砕けた感触が伝わってきた。

馳は顔を歪めたが、目の光は死んでいなかった。次の瞬間、馳の手の中の物が光を放った。強い光だった。護身用ライトかも知れない。羽川、それと相沢の目もくらんだ。

馳はナイフに体を預け、羽川の顔か首を狙って倒れかかってきた。

羽川は咄嗟に顔を両手で守ることしか出来なかった。


羽川は目を開けた。死んでいなかった。

ナイフは首ぎりぎりの所で、カーペットに刺さっていた。

至近距離にいる馳の顔を見た。微笑んでいるように見えた。

馳はクルッと羽川の上から床に転がると、観念したように両手を上に突き出した。相沢はその手に手錠を掛けた。

羽川には馳の気持ちが分からなかった。しかし意図的にナイフを外したという事は感じ取っていた。「なぜだ?」と、羽川は絞り出すように言った。

「……お前を認めたという事だよ」

馳のよく通る声が聞こえた。

――彼の持っていたハンディライトは護身用で、1000ルーメンもの光を照射する。数秒~数分間、人間の目を眩惑する事が可能である。

11

相沢と首に包帯を巻いた羽川がセンターに入って来た。

――最初に受けた羽川の傷はぎりぎり動脈まで達していなかった。

二人共寡黙だった。

国友の部屋の前に立ち止まった。そして、羽川が沈痛な面持ちでノックした。

「はい」

「警視庁の羽川です」

無言で、ドアが開けられた。

「もう来る頃だと、思っていたよ」と、国友は悲しい笑みを浮かべた。

「わかっていましたか？」

「あぁ、…令状は？」

「とってあります」

「容疑は？」

「取りあえず、有価証券虚偽記入罪です」

国友は令状にサッと眼を通すと、視線を落とした。羽川は低い声で、これの説明を暫くした。国友は虚ろな眼を上げた。

「よし。行こう」

三人は部屋を出た。そして黙ったまま肩を落とし、並んで廊下を歩いた。国友がある部屋の前で立ち止まった。二人もならった。

「私に行かせてくれないか?」

「それは、……」

「令状を行使するかしないかは、君たちの判断の範疇だろう?」

「それはそうですが、……分かりました。何かあったらすぐ呼んで下さい」

「ありがとう」

国友はノックした。

「どうぞ。開いてます」

佐々木局長の声がした。

国友は沈痛な面持ちで入室した。局長はソファーで横になっていた。真っ赤な顔で息を弾ませ、体を起こした。

「すまん。こんな格好で」

「えっ!?　どうしたんですか?」

国友は歩み寄り、手を伸ばした。

「触るな」と局長がその手を払う仕草をした。「私は、エボラにかかってる」

「えっ!?」

局長は手で口を押さえ、咳きをした。その手に鮮血がみられた。すでに内臓からの出血が……。

「……私は自分が恥ずかしいよ」と局長は絞り出すように言った。

「どういう意味ですか？」

「気付いてるんだろ？」

「大体は」

「……君に感染源を突きとめられた時点で、この時を覚悟してた」

「何故、あんな事を⁉」

「永遠の為に仕方なかった」

――永遠とは、先に紹介してある通り、局長が44歳でやっと儲けた一歳の女の子である。

（やはり、脅されてたのか？）

「今、いま永遠ちゃんは？」

「…何とか無傷で帰された」

「えっ⁉…やはり、人質にとられてたんですね」

局長は小さくうなずいた。

「それと、奥さんは？」

「大島感染の後に、一緒に無事に帰された」

国友の顔は悲痛に歪んだ。

――局長を含め、三人共つらかったろうと思った。特に奥さんは物腰をみるだけで、何の苦労もなく箱入りで育ったのが窺える色白美人だ。そんな奥さんには辛酸をなめる日々だったろうと、容易に想像できた。

「…なぜ警察に？」

「警察が保証してくれるのかね⁉」

「それは？………」

断言は出来なかった。妻子と引き裂かれている今の自分には、心境は分かり過ぎる程分かった。

「それに、一度手を染めると、………積極的に荷担してしまった」

「……都知事に宛てた4通の脅迫状も、局長が書いたんですね？」

「少し違う。私の書いたのは2通目からの3通だ」

……1通目は都知事秘書によって廃棄されている。現存しているのは2通目からである。

国友はデスクに置いてあるラップトップ・ワープロを指差した。

「このワープロで打ったんですね？」

「あぁ」

警察によって、機種はいくつかに絞られていた。これはそれらの内の一種だった。そして3つの脅迫文のコピーと、局長の作成した書類を、自分なりに比較分析していた。18桁目あたりが同じように掠れていた。プリンターのゴム・クッションの磨耗状態が同じと思えた。

「しかし何故⁉　罪もない都庁職員を500人近くも？」

——楽観はできないが、491人の感染者を出した後は落ち着きつつあった。

「私は、……都庁に燻ぶるような恨みを持ち続けていた。……君は知っているよね、永遠が初めての子でない事を？」

瞳を覗いたままうなずいた。

局長は時折苦しそうに咳をしながら、ゆっくりと噛み締めるように話し始めた。

「初めての子は2年半前に授かった、玉のような男の子だった。そしてそれはちょうど2年前の出来事だった。私の妻（美佳）は裕希（※6ヵ月）を連れて新宿に買い物に行った。

——美佳はスバルビルで用を済ました後、都庁舎に行ってみようかと何気なく考えた。背中の子はよく寝ている。別に展望室まで登ろうとか考えていたわけではない、夫との会話に合わせられればという位の思いで、間近で……という気持ちだった。

都庁舎の側まで来ると突然、強烈な便意をもよおした。——冷たいミルクを飲んだのが悪かったのか？

都民広場を急ぎ足で通り過ぎ、都庁舎のIFに入った。トイレを探した。とても広くて分からない。闇雲にうろつくと、マークが目に入った。コーナーを左に曲がった所で、小学低学年位の子とぶつかった。小学生は尻餅をついた。謝った。彼は何にも感じないかのように素早く立ち上がると、また元気に駆け出した。同じ位の男の子と女の子が追うように続いた。

美佳は思い出したように慌ててトイレに駆け込んだ。

次の瞬間、足を滑らせ、勢いよく転倒した。背中の子供を下敷きにしていた。いやな音がした。

（裕希は⁉）

その時、空間を引き裂くような凄い泣き声がした。

外に出て頭を調べた。

（よかった⁉）

小さな瘤が出来ていたが、出血はしていないし、大したことはないようにみえた。暫くして泣き止んだ。しかし腕時計がショックで壊れていた。3時5分を差したまま動かなかった。放り投げた荷物が湿っていた。——原因は、床に溜まっている水だった。

何で私がと思いながら、勢いよく出ている蛇口を止め、手洗い槽の栓を抜き、横にあったモップで漏れ水を拭き取った。

帰りに総合案内センターにいる職員に注意しておこうと思った。しかし、一見して上京したての二組の老夫婦が独占するようにカウンターを覆っていた。くっ付いた小判鮫のようにいつまでも立ち去らない。裕希がまた泣き出した。キッと女子職員を睨むと、そこを後にした。

その晩、裕希は嘔吐を繰り返した。その内、顔色が紫になり、ぐったりとなった。急いで病院に行った。しかしその時は手遅れだった。内出血がくも膜下に広範囲に広がっていたのだ。そして処置をする間もなく他界した。

「その日は2年前の9月21日ですね。局長は京都の学会に出席してましたね」

「あぁ、翌朝急いで帰った。錯乱したように泣き叫んで謝る妻を眼のあたりにし、衝き上げる悲憤を隠して、妻を慰めた。妻の悲傷が絶するものというのが、眼からも、全身からも滲み出ていたからだ。——豊かだった黒髪は真っ白に変わり果てていた。

警察は死ぬ程の怪我をして、何も言ってこなかったのはおかしいと言った。まるで折檻のし過ぎで殺したような言いまわしもされた。——都庁関係者がそういう事実はないと答えたらしい。善意で掃除をしてきたのも仇になったのだ。妻が3時5分に総合案内センターの女子職員が子供の凄い泣き声を聞いている訳だ、と主張したが、女子職員は知らないと答えた」

「それが田川聖子ですね?」

「そうだ。…私たち夫婦はどうにもならない悲しみと怒り、憎しみを、都庁に向ける事によって、壊れそうになる精神のバランスを保っていたのかもしれない。そしてその怨念は、深い傷のように消えていなかった。脅されてやむを得ずやったのは事実だが、場所とやり方を選んだのは私だ。

……死んで責任はとるつもりだよ」

「まさか⁉　自分から？………」

「あぁ、患者の血液を静注した」

「なんて⁉　馬鹿な事を」

「お願いだ。娘の為にも、せめてエボラという事で死なせてくれ」

局長は悲痛な面持ちで、手を合わせた。

国友の脳裏に、入社してからの局長との思い出が走馬燈のように駆け抜けた。一から手ほどきを受けていた。彼に一人前にしてもらったと言っても過言ではなかった。尊敬していた。人生の師だとも思っていた。

国友の目縁から透明な液が溢れた。


――――国友が局長を疑い始めたのは、感染源が電話の受話器と分かった時からである。まずウィルスの特性を知っているからこそ、受話器に塗るという行為を選んだと思えた。それとその危険な作業を素人が出来るとは思えなかった。そして普段より夜警も増やし、警察も警戒していた都庁舎に、誰にも知られず、殆どの受話器に塗るという神業をできたのは、考えられる限り一人だけだった。――――エボラ感染発覚の6日前に国友班は局長と共に、都庁の衛生局の職員達を25

Ｆの会議室に集めて講義した。その時（40分のビデオを流していた時）電話に行くと言って、丸々40分、席を外していた人がいた。それが局長だった。

その時、26Ｆから28Ｆまでの衛生局は二十人程の電話番しか残っていなかった。その内の三人に聞いた処、白い防御服にガスマスクをし、噴霧器のような物を背負った男が来て、消毒の為という事で、10分間ほど出されたと言っていた。姓名はよく見なかったが、確かにセンターの身分証明書を持っていたという事だった。

しかし危険をおかしてまで、都庁に拘った理由が分からなかった。——騒ぎを起こす事が目的なら、駅前などにある公衆電話に塗る方が安全で楽だと思えた。それと田川聖子をわざわざ指名した理由も……。

局長の子の死因を、司法解剖を担当した監察医などに聞き、独自に探った。……その結果、この悲劇を知った。（※局長からは、自宅の風呂場で頭を強打し、それが原因で亡くなったと聞かされていた）

そして今の話で疑問も解決した。羽川から聞いた金の為や、個人的な怨恨だけで、こんな恐ろしい事をする人ではない。——やはり、妻子を人質にとられていたのだ。

——そしてどうせ実行するなら、呵責を伴わない都庁を選んだのだろう。

謎が紐解かれると、いくつかの不自然なリアクションも納得できた。初めに大島の病名診断を電話で告げた時、(流行性出血熱の可能性があると告げた時)局長は、そんな筈はない、と断言した。それに、ミーアキャットがシロと分かった時も、必死に宿主を捜している我々に、40分も結果を告げなかった。その時は最優先課題で、後回しにすることは考え憎い。――もっとも宿主(感染源)も病名も既に知っていれば、くだらない事であったろう。

羽川の場合は、国友の取引した証券会社の店舗に出向いた。国友の本人確認書を要求した。確かに国友の健康保険のコピーがあった。

対応した店員を呼んで貰った。国友の写真を見せた。店員は首を傾げた。

「違う人だと思います」

他の人の写真を見せた。

――どうしても国友とは思えず、用意していたのだ。それは佐々木局長の写真だった。〔国友の健康保険証を気付かれずに扱える人は限られる。それに脅迫状を考察した結果から、ハミングバードにはテレビ局員を知っている人が含まれる。(※局長はしばしばテレビに出演していた)〕

店員は目を丸くして、

「この人です」

「間違いありませんね」

「はい。数回来店なさってますので、間違いないと思います」

——株取引はある意味では実に杜撰にやっている。本人確認は免許証や保険証のコピーだけでOKだ。住民表も実印もいらない。三文判ひとつで簡単に口座が開ける。つまり、佐々木局長が国友の健康保健証を提出していたのだ。

さらに売買報告書などの郵送先住所も調べた。そこは代行サービス業の経営する私書箱だった。写真で確認した処、佐々木が国友の名で借りていた。

残りのSEC（日本証券取引委員会）の調書にあった3人は、馳が子分の自動車免許証などを使い、別の店舗で口座を開いたものと分かった。馳は信用買でトータル3億7千万買っていた。これはテレビ取り引きと友利社長が奪われた金額の合計にほぼ符合する。

そしてこの売買で、なんと⁉——39億ほど儲けた計算になる。

（＊信用取引は決算を最高6ヵ月後まで伸ばせる）

そして羽川が馳の居所（友利社長宅）を当てた根拠は、国友が友愛製薬に何かあるとつかみ、訪問した後にタイミングよく襲われた事がまず上げられる。——馳達が身辺にいたか、友愛製薬内部に通報者がいたと思われた。それと友利社長が『墨田川殺人事件』との関連を隠す証言や行動をしていた事などから、ハミングバード（※馳）との関係がうかがえた。——仲間とは言っていない。現に友利は3つの証券会社と取引があったが、例の株は本人はもとより家族、親戚の購入も認められなかった。

更には、次亜塩素酸カルシウム（高度サラシ紛）の謎が解けた事が上げられる。佐々木局長がそれを頻繁に取り扱っていたという事実はあるだろうが、テレビ取り引きには直接的には関わっていなかったと思える。何故なら、それはプロの手口だったからだ。一分一秒を争い、チームワークが必要な作戦に素人を、しかも信頼のおけないメンバーを馳が加えたとは思えなかったからだ。

では、謎の正体は何かというと、……なんのことはない。ＳＥＣの調書から馳が真犯人という確信を持ってから、常に逃亡先を心の中で模索していたが、車で接触事故を起こしそうになった少年の水泳パンツを見て、ふと友利杜長の邸宅にプールがあるのを思い出し、……これだ⁉と閃いたのだ。つまりこうだ、馳たちは残暑の厳しい約一ケ月のあいだ友利宅に潜んでいた。当然、目の前のプールを使いたくなるのは人情である。馳の部下が次亜塩素酸カルシウム（高度サラシ紛）でプール水を消毒して、その破片がポケットにでも紛れ込んでいたのが謎の真相だろうと推理できた。真相とは、意外とたわいないものなのである。

最後の説得がなかなか首を縦に振らなかった小林管理官を動かす決め手になった。そして実際、管理官自らが埃だらけになり、用具室から例の円形の次亜塩素酸カルシウムを発見していた。――

国友が局長室から出てきた。

ふらふらとした足取りだった。そしてまるで、幽霊のように精気の抜けた顔だった。

「どうでしたか?」と、羽川が問い掛けた。

「かっ彼は、自首を……」

そこまで言うと、国友は崩れるように倒れ込んだ。

羽川が上体を抱いた。国友は気を失っていた。額に手を当てた。凄い熱だった。

(まさか⁉　エボラに)

「ウオーッ‼」

羽川の絶叫が病棟にこだました。

終章

柔らかい陽射しが国友の顔に差し込んでいる。

その顔には無惨にも赤い斑丘疹（はんきゅうしん）が無数にみられた。

あれから20時間、睡魔にとりつかれたように眠り続けている。

事件の全容は、友愛製薬の友利義秀社長の自供などでほぼ解明されていた。

友利は、エボラと8千万円を交換する、という脅迫状を貰って悩んだ。警察に言う事はできない。こちらのミスが指摘されるのは明らかだ。営業停止位では済まないだろう。折角軌道に乗ってきた抗菌剤の研究にも支障がでる。

友利は一度、ある雑誌のインタビューで天皇批判気味の事を口にした事を記事にされ、右翼団体に狙われた事があった。友利個人と会社を中傷したビラや街頭放送での嫌がらせが連日続いた。堪り兼ねた友利は、父親の代からつながりのある総会屋に、暴力団を紹介してもらい、三百万円で対処してもらった。その時、毒には毒だと思った。その後も一度別の件で頼んだ事があった。見事に解決してくれた。

そんな事もあり、今度も暴力団に頼んだ。依頼の主は皮肉にも、同じ黒金組の馳だった。

馳は組長にも自分にも相談せずに、藤堂がコソコソやっているのを腹心から聞いて知っていた。

その事に漠然とした怒りと、粗暴で緻密さに欠ける藤堂には無理な仕事という思いを持っていた。最近は目の上のタンコブという思いが強く、藤堂もおもしろくない奴と思っているのを知っていた。先日、ちょっとした諍いで、銃を向けられた。組員が止めに入ったが、その時、確かに殺意を感じた。

そんな諸々の事が離反を決意させた。そしてどうせなら今度の事を利用してやろうと考え、事務所の藤堂の部屋の冷蔵庫に堂々と入れてあったエボラのビンをすり替えて、都知事に一通目の脅迫状を送った。

馳はエボラを扱えるその道のプロが欲しかった。物色した。そして伝染病センターの佐々木局長がマチ金（サラリーマン金融）に手を出しているのを〝蛇の道は蛇〟で知った。仲間に引き入れる為の作戦を練った。

佐々木は美佳（※妻）が悲しい思い出の残る家を出たいと訴えた事もあり、今の家を売り、より大きな新居を構えるつもりで土地を物食していた。ある不動産屋に値上がり確実と言われ、手持ち以上の土地を購入してしまった。しかしタイミングが悪かった。購入して直ぐにサブプライム問題が、そして翌年にはリーマンショックが起こった。株は急落し、地価は下がり、土地は売れず、ローン返済にも困り、仕方無くマチ金に手を出した。そんな事もあり、執筆活動やテレビ出演などを積極的にこなしていたのだ。

ある日、佐々木は拉致された。そしてビデオで妻と一歳の永遠の怯える姿を見せられた。二人は我々の手の中にある。これから要求する事をやれば、二人も返すし、金儲けの仕方も教えてやる、と言われた。佐々木は大島に行き、パラダイス食堂のピンク電話にエボラを塗ってきた。

友利と藤堂の取り引きの日が来た。馳の決意を聞き、腹心達は奮い立った。罠を仕掛けて待った。何も知らずに現われた藤堂達は、馳が新しくスカウトしたチンピラと取り引きを完了した。その直後、隠れていた馳達の手によって、チンピラもろとも藤堂たち黒金組々員は撃ち殺された。そして藤堂のベンツのトランクに入っていたヒロシ共々墨田川に捨てた。

馳は金もエボラも自分の物にした。そして友利社長に、8千万円は渡したがエボラをよこさないのでアジトをつきとめて皆殺しにした。しかし一人逃げられ、そいつが8千万円とエボラを持ち去った、と報告した。友利は、その後きた新聞を見て納得した。そして言われるままに、(殺した組の報復が怖いと吹き込まれ)馳の配下を秘書という名のボディーガードに雇った。——馳にとっては、警察に垂れ込まれるのを監視する目的もあった。

これで国友が友愛製薬から出て来きた時にタイミングよく襲われた説明もつく。

佐々木は様々な葛藤の末、妻子の命を優先した。大島感染が公になった後に二人は無事に返された。

そして馳の愛人の麗子が重要な役を担っていた。テレビ取り引きの際、聖子と似た服を買い、米澤美恵に着替えさせた。更に野上駅のトイレに米澤の子供を置いていったのも彼女だった。

佐々木は一度手を染めてしまい、借金の返済も順調に行くと、次も結局断れなかった。もちろん、その後も人間としての、科学者としての葛藤は続いたが、彼らの要求通り完全犯罪を達成する事が、自分と家族の助かる道という想いが勝り、積極的にアドバイスし、二通目からの都知事への脅迫状は佐々木本人が書いた。だから田川聖子や表に出ないテレビスタッフの名前まで書かれていたのだ。そして衛生局の電話にエボラを塗った。それと黒金組事務所に家宅捜査が行なわれるのを、馳に知らせたのも佐々木だった。対策本部はエボラが見付かる事を前提にしていたので、現場責任者の佐々木と連絡を密にしていたのだ。

馳は黒金組を出ると、友利を丸め込め、まんまと警察の意表を突く隠れ家を手に入れた。そして2通目の脅迫状を捨てさせたのも、8月22日にカントリークラブで目撃者作りをさせたのも馳だった。

テレビ取り引きは、初めは世間を騒がして株価を操作するだけの目的で始めたが、完璧なプランができ上がった事と、上がる事が分かっている株を買い増しする為の資金が欲しかった。そしてエボラを持っている限り、警察は何もできない。という慢心もあって決行に踏み切った。

老婆に化けていたのは馳だった。馳は外国のミステリー小説から皺を作る軟膏があるのを知り、材料を取り寄せ、佐々木に作るよう命じた。佐々木は親水軟膏を基剤にして簡単に作り上げた。（＊皮膚は外側の表皮と内側の真皮に分かれている。そして表皮は更に角質層と粘膜質の二層になっている。その角質層は死んだ細胞によって構成されているので水分の含有量が少ない。だから水分を与えるとたちまち膨脹する。例えば指を長時間水に浸していると、皺だらけになるのはこの為である。つまりこの性質を利用した軟膏なのであった）。

そして残った株を売却したら、海外で悠々自適に過ごすつもりでいた。——計算違いは、羽川達の存在だけだった。

国友は白いベッドの上で目を醒ました。

高熱と頭痛も手伝い、事態を把握できないでいた。充血した眼でまわりを見回した。

（そうか⁉　ここは………）

次の瞬間、がむしゃらに走り続けてきただけの人生がアルバムをめくるかのごとく蘇った。

（別の人生もあったかもな）

ふっと、赤い斑丘疹だらけの顔に笑みが浮かんだ。

（不器用な私には、これがお似合いか）

酷い頭痛の中でも、不思議に心は平穏だった。

優し過ぎる陽射しが窓から差し込み、シーツの皺に透き通る影を作っていた。半間程開けられていたカーテンから覗く空には、雄大な白い鱗の絵図が描かれていた。

(もう秋か……。いつからだろう、季節と無縁になってしまったのは?)

西側の空は、沈み行く太陽によっておぼろげに紅(くれない)に染められ、うろこ雲の一部を生まれたてのような鮮やかな橙色に変えていた。それは〝死と再生〟を連想させた。

庭には欅(けやき)の大木が孤高としてそびえていた。そしてその葉が招くように揺れていた。外では柔らかい風が吹いているのだろう。

一枚の葉が、そのとき、舞いながら散った。

そしてもう一枚………

国友はゆっくりと瞼をとじた。

バタン！　と、突然、大きな音がした。

ドアが勢いよく開けられたのだ。

そして、とり乱した国友喜美子が飛び込んできた。

「あなた！」

その声に国友は目を開けた。

防護服を着た二人の職員が続いた。

「奥さん困ります！　防護服を着ないと、ここには入ることはできません」と、腕を掴んだ。

「あなたが死んだら私も生きてけないわ」

喜美子はその手を振りほどこうとしている。

喜美子の剥き出しの表情に、国友は強い愛を感じた。

その時、二階堂と萌が息を切らして入って来た。二人とも私服だ。

「チーフ！　検査結果は陰性です！」

「陰性というと、エボラではないんですね」

喜美子は喜々とした声を上げげた。

「そうです、奥さん。チーフは単なる風疹です」

「風疹というと、子供がよくかかる？」

「はい。極度の疲労のため抵抗力が弱ってたんでしょうね」と言うと、二階堂は心から愉快そうに笑った。

喜美子はその笑いを見ながら、嗚咽をもらし始めた。そして堪え切れずに声を上げると、崩れるようにベッドにかぶさった。国友は優しく肩を叩いた。

「ただの感染症とわかったのに、泣くやつがあるか」

喜美子はしゃくり泣きながら、頭を掛布団に擦りつけるようにして二度うなずいた。

「まだまだ死ねないか」

「そうですよ。国友さんには仲人をお願いしようと思ってるんですから」

いつの間にか入って来ていた羽川が言った。

「えっ⁉」

国友は羽川と顔を赤らめる萌を見た。

――――羽川は初めてセンターを訪ねた時、国友を待っている間に萌から仕事内容の説明を受けていた。その時、萌に電撃的に魅かれるものを感じた。最近、心のどこかに欠落感を意識する事があり、そんな時は決まって、解決手段の分からない寂しさと渇望が込み上げた。そして自分に欠落しているものを埋められるのは、この女しかいない！と直感した。更に予感めいたものも感じた。この女と結ばれるかもと。

萌の方も、国友への想いを断ち切った胸の空白に、匂うような男らしい体躯と、少年のように澄んだ瞳のアンバランスな魅力が楔(くさび)のように打ち込まれた。そして会う度に、全身から溢れ出す温かさと包容力に惹かれていった。その包容力は、父にいだき続けていたコンプレックスのようなものや、様々な悩みもろとも飛び込んで行けるのでは、という安心感を感じさせた。

昨夜、羽川は国友と濃厚接触した事で強制入院させられた。萌はこまごまと世話を焼きに行った。そのとき羽川は、唐突に結婚を申し込んだ。萌は、それ前提の付き合いをＯＫした。しかしこの手の事には疎い羽川は、結婚するものだと思い込んでいるようである。

「えっ⁉　嘘です。そんな約束してません」

萌は羽川を睨んだ。羽川は子供のようにうろたえた。

「でも、お付き合いはしていこーかなぁーて」と、萌は照れくさそうに言うと、真っ赤に頬を染めた。

「そうか。それはそれで、おめでたいじゃないか」と、国友は心から嬉しそうな顔で言った。

「あなた、ごめんなさい」と、喜美子は耳元で囁いた。――もしかしたら萌と、………という懸念は、今の二人の様子を見ていて吹き飛んでいた。

喜美子は国友の左掌を引き寄せて、両手で包んだ。国友はただ嬉しそうな極まり悪そうな、複雑な表情で微笑んでいた。

「僕早速、抗生剤を用意してきます」

二階堂が大股に出口に向かった。

「私も失礼します」と、萌は頭を下げると、次に羽川を見た。「失礼しましょ」

「ちょっと待って」

羽川は萌を制すると、国友を見た。

「一つ質問したいんですけど、署内の有志達で同様の事件の再発防止の検討が始まってるんですが、再発防止のポイントを教えていただけませんか。ポイントだけで結構です」

「うーん、事件はわからんが、近い内に再び同じような大感染（アウトブレイク）が起こる可能性は高いね」

「えっ⁉　それはどういう事ですか？」

「日本の検疫体制は穴だらけなんだよ。少し前になるが、フィリピンからアメリカに１００頭の蟹食い猿が輸入された。しかし、その内の29頭がエボラウィルスに感染していた。アメリカは防疫体制を強化した後だったので、１００頭全てを安楽死処分し、事なきを得たが、いったん上陸すればパンデミック（※世界規模の感染の流行）になっていたかも知れない」

羽川は驚いたように眼を見開いた。国友は続けた。

「怖いのはその後で、実はその１００頭の猿の内の50頭が日本に輸入される事になっていたのが、先日我々の調査で分かった。もしフィリピンから直接成田に入って来ていたら、と思うと鳥肌が立つよ」

「でも、日本だってそんなに愚かじゃないでしょう。成田動物検疫所で各種ウィルスの感染状態はチェックされるでしょうから、事前に防げたんじゃないですか?」

「いや、チェックされるのは犬と家畜と実験用動物だけで、猿は検疫対象リストから外されている。通常の輸入品と同じ保税倉庫に運ばれて輸入申告書、現地の輸出許可書のチェック、それとワシントン条約に違反してないか調べるだけで通過できる。つまり、ほぼ100%東京で大感染が起こったと言えるだろう」

「えっ!? まさか」

「残念ながら本当だよ。現に猿によって赤痢に感染した事例もある。猿は危険な動物で、ラッサやエボラだけでなく、同じくレベル4のウィルスであるB・ウィルスやマールブルグ・ウィルスも運ぶ可能性がある」

「何故、検疫体制を強化しないんですか?」

「日本は事が起きてからじゃないと、政治が動かないという風潮がある。そういう意味では、今回のエボラ感染が引き金になってくれればと思う」と国友は思案顔になった。

「じゃ、このままでは近い将来、日本で大感染が起こる事は確実というわけですか?」

「このままでわね」と、国友はうなずいた。

萌が唖然とした表情の羽川の背中を突っついた。

「もういいでしょ。少しは気をきかせなさいよ」

喜美子を見るとまだ、国友の左手を慈しむように撫ぜている。

「では、邪魔者は退散しまーす」と、萌は明るく言うと、羽川の上着の裾を引っ張った。

「あっ⁉…では、また………」

萌は羽川を先導しながら、

「私にも聞きなさいよ。私もウィルスの専門家なんだから」

「だって、君は……」

「だって、何なのよ！」

(これは尻に敷かれるな⁉) と国友は思い、思わず失笑した。

萌はドアの前で振り返り、一回ウィンクを投げてから退室した。

その約二十分後だった。

二階堂が血相を変えて、国友の病室に入って来た。

「チーフ、指示をお願いします」

「どうしたんだ?」

「広島で、新型コロナと思われる患者が出ました!」

著者プロフィール

太田　芽論（おおた　めろん）

職業　薬剤師　調剤業務と医薬学ライターなどを兼務

『知ってるようで知らなかった薬の飲み方』など医薬学の本を多数執筆、特に『薬＋食品＝毒』（薬と食品の相互作用を扱った本）は日本図書館協会選定図書に選出されている。

日本大感染

2021年1月25日　第1刷発行

著　者　　太田 芽論
発行者　　日本橋出版
〒103-0023　東京都中央区日本橋本町2-3-15
共同ビル新本町5階
電話 03(6273)2638
https://nihonbashi-pub.co.jp/
発売元　　星雲社（共同出版社・流通責任出版社）
〒112-0005　東京都文京区水道1-3-30

ISBN978-4-434-28308-6　C0093